Alles Lüge

ELEFANTEN PRESS Kinderbücher
herausgegeben von Gabriele Dietz

Umschlag: Stephan Köhler
Gesamtherstellung: Grafische Werkstatt von 1980 GmbH, Kassel

EP 379
Printed in the Federal Republic of Germany
ISBN 3-88520-379-0
2. Auflage 1992

ELEFANTEN PRESS
Postfach 36 04 40
W-1000 Berlin 36

CIP-Titelaufnahme der Deutschen Bibliothek

Feid, Anatol:
Alles Lüge / Anatol Feid. - Berlin : Elefanten-Press, 1991
(EP ; 379 : Elefanten Press Kinderbücher)
ISBN 3-88520-379-0
NE: GT

Elefanten Press

Anatol Feid

Alles Lüge

ELEFANTEN PRESS

1

»Sie haben gesagt, daß niemand seinen Namen nennen muß, wenn er das nicht will!«

Das schmächtige Mädchen sprach leise und aufgeregt. »Es genügt doch wohl, wenn ich Ihnen sage, daß ich Martina heiße!«

»Natürlich genügt das. Aber ich bin sicher, daß ich dich irgendwoher kenne.«

»Ja, klar. Sie waren letzte Woche bei uns in der Schule und haben uns was über Drogen erzählt.«

Jetzt erinnerte ich mich.

Ich war in die 5. Klasse des Saalheimer Gymnasiums eingeladen worden. »Wir können gar nicht früh genug mit der Drogenaufklärung beginnen«, hatte der junge Klassenlehrer gesagt. »Ich weiß, daß es in unserer Schule Leute gibt, die erhebliche Drogenprobleme haben, und einige von uns Lehrern denken, daß es höchste Zeit ist, daß wir offen darüber reden, schon mit unseren Kleinsten.«

Ich hatte also von meiner Arbeit als Drogenberater in Saalheim erzählt. Mit aller Vorsicht natürlich, denn Saalheim ist eine Kleinstadt, wo jeder fast jeden kennt. Mit allen Vor- und Nachteilen, die so etwas hat. Martina – damals wußte ich natürlich noch nicht, daß das der Vorname des Mädchens war – fiel mir auf, weil sie ungeheuer angestrengt zuhörte. Während der Diskussion hatte sie geschwiegen, aber alles, was ich sagte, verschlang sie fast. Ich hatte sofort das Gefühl gehabt, daß dieses Mädchen eine schwere innere Last mit sich herumschleppte.

Heute war sie zu mir in die Drogenberatung gekommen.

»Sie haben gesagt«, – jetzt flüsterte sie fast –, »daß jeder zu Ihnen kommen kann, um über seine Probleme zu sprechen, und daß Sie nichts weitersagen.« Sie schwieg einen Moment und sagte dann noch eine Spur leiser: »Es weiß nämlich niemand, daß ich hier bin – und das darf auch keiner wissen.«

»Magst du einen Tee, Martina?« fragte ich dazwischen.

Das Mädchen schaute mich erleichtert an. Sie nickte zunächst, sagte dann aber: »Ich würd' lieber eine Limo trinken, wenn Sie sowas haben.«

Ich ging nach nebenan in die kleine Teeküche, nahm aus dem Kühlschrank eine Flasche, spülte zwei Gläser, goß uns beiden ein und brachte Gläser und Flasche zurück ins Büro. Martinas Hände lagen auf der Schreibtischplatte, fest ineinander verkrampft.

Ich reichte ihr ein Glas hin. Sie griff zu und nahm gleich einen großen Schluck. Das Glas behielt sie in der Hand.

Ich setzte mich wieder auf meinen Stuhl und sagte leise: »Du möchtest mir etwas erzählen?«

Martina nickte.

»Ja, ich hab' schon den ganzen Weg lang überlegt, wie ich anfangen soll.«

Sie schaute mich hilflos an. »Ich weiß es immer noch nicht. Ich weiß nicht einmal genau, wann und wie die ganze Geschichte eigentlich losgegangen ist.«

»Fang einfach irgendwo an, Martina«, sagte ich. »Erzähl ruhig, was dir gerade durch den Kopf geht. Wir kriegen die einzelnen Teile dann schon zusammen.«

Martina trank noch einen Schluck von der Limonade und stellte das Glas langsam auf den Tisch.

Sie schluckte ein paarmal, setzte zum Sprechen an, brach wieder ab, suchte erneut nach dem Anfang und sagte plötzlich: »Haben Sie wirklich so viel Zeit?«

»Ich nehm' mir die Zeit«, antwortete ich. »Das gehört zu meinem Beruf. Ich nehm' mir Zeit für Menschen, die mit mir reden wollen.«

Martina saß noch eine ganze Weile stumm da, bevor sie langsam zu sprechen begann. Immer wieder hörte sie auf, fing neu an, verbesserte sich, erklärte das eine oder andere. Langsam aber, wie ein Puzzle, entstand ihre Geschichte.

2

Die erste große Erschütterung hatte Martina vor ungefähr drei Monaten erlebt. Gemeinsam mit ihrer Freundin Anja ging sie von der Schule nach Hause. Die beiden Mädchen waren Nachbarskinder.

Martina hatte schon seit einiger Zeit auf eine Gelegenheit gewartet, wieder einmal mit der Freundin allein zu sein. Ihr schien nämlich, daß Anja sich in den letzten Wochen irgendwie verändert hatte. Anja war zurückhaltender geworden, fast abweisend. Sie vermied es, mit der Freundin allein zu sein. Aber dann sagte sich Martina immer wieder, daß sie sich das sicher nur einbilden würde. Aber irgend etwas *war* anders geworden, darüber gab es keinen Zweifel für sie. Wenn Anja mit der Freundin sprach, kam sich Martina jedesmal vor wie ein Kranke, die Besuch bekommt. Sie hatte einmal für längere Zeit im Krankenhaus liegen müssen, und ihre Besucher hatten sie oft so angeschaut, wie es Anja jetzt immer tat. Mitleid hatte in ihrem Blick gelegen, aber dann und wann auch so etwas wie Angst vor möglicher Anstekkung.

Jetzt, als die beiden Mädchen nebeneinander hergingen, schien für Martina die Gelegenheit gekommen, ihr Problem anzusprechen und möglicherweise aus der Welt zu schaffen.

»Du hast hoffentlich nicht vergessen«, sagte sie fast beiläufig, »daß ich bald zwölf werde. Du bist ja jedes Jahr bei meinem Geburtstag gewesen. Also ist es wohl klar, daß du auch diesmal kommst. Ich möchte dich aber trotzdem noch einmal ganz herzlich einladen.«

Anja trottete weiter, ohne den Blick zu heben.

»Anja, hast du nicht gehört, was ich gesagt habe?«

Martinas Hals schnürte sich zusammen. Also hatte sie ihr seltsames Gefühl doch nicht getäuscht. Irgend etwas in ihrer Freundschaft war nicht mehr wie früher.

»Was ist denn los mit dir?« fragte sie mit leicht zitternder Stimme.

»Du weißt ganz genau, was los ist!« Anjas Stimme klang unbeteiligt und tonlos.

»Sag mal, spinnst du?«

Martina blieb stehen, bis auch Anja stoppte und sich langsam herumdrehte. »Du bist schon die ganze Zeit so komisch, und ich frag' mich langsam, was ich dir getan hab'.« Sie schaute Anja herausfordernd an.

»Na sag schon! Hab' ich dir was getan? Oder warum ist es zwischen uns nicht mehr so wie früher? Warum bist du dauernd nur mit den anderen zusammen?«

Anja ging langsam ein paar Schritte zurück auf Martina zu. Sie schaute ihr gerade in die Augen und sagte dann hart: »Was soll ich mit einer Freundin, die kein Vertrauen zu mir hat?«

»Was ist los?« Jetzt schrie Martina fast.

»Tu doch nicht so unschuldig«, sagte Anja mit mitleidigem Lächeln. »Ich finde es nun mal nicht gut, wenn ich von den anderen in unserer Klasse höre, daß deine Schwester drogensüchtig ist. Und du, meine beste Freundin, sagst mir kein Wort davon.«

Martina starrte Anja fassungslos an.

»Vorgestern war die Polizei deswegen bei euch«, redete Anja weiter. »Meine Eltern sagen, daß es nicht gut ist, wenn wir weiter Freundinnen sind.«

3

»Das ist eine Schlechtigkeit! Eine Gemeinheit!«

Martinas Mutter war kreidebleich auf einen Stuhl am Küchentisch gesunken. »Wie kann dieses Mädchen nur so mit dir reden! Was weiß die denn überhaupt!«

Sie wischte sich mit dem Handrücken die Tränen ab, die ihr plötzlich über die Wangen liefen. »Warum sind die Leute nur so gemein? Die sollen sich doch um ihre eigenen Angelegenheiten kümmern!«

»Warum habt ihr mir denn nie etwas gesagt?« fragte Martina verzweifelt.

Sie hockte auf der Kante eines Stuhles und schaute die Mutter hilflos an. »Ich wußte überhaupt nicht, was ich Anja antworten sollte. Ich bin immer noch total durcheinander! Ist das denn wirklich wahr, was Anja gesagt hat? Ich krieg' das einfach nicht in meinen Kopf. Das gibt's doch gar nicht. Sag doch was, Mama. Sag doch, wie es wirklich ist!«

Irritiert schaute Martinas Mutter durch ihre Tränen hindurch auf ihre Tochter.

»Das mit der Polizei wissen die Leute also auch«, sagte sie dann fast ungläubig. »Da kann man mal sehen. Die Beamten waren überhaupt nicht in Uniform, und sie kamen auch nicht im Polizeiwagen. Aber Saalheim ist eben eine Kleinstadt.«

Plötzlich schien Martinas Mutter eine Idee zu haben. »Weißt du, Tina«, sagte sie ruhiger, »dein Vater meinte, daß wir dir keine unnötige Angst machen sollten. Du hast nämlich ganz recht. So schlimm ist die Sache nicht. Es geht um Kleinigkeiten.«

Sie schaute auf die Uhr. »Papa ist noch im Büro. Ich denke, daß es gut ist, wenn du gleich mal mit ihm redest. Er kann dir alles viel ruhiger erklären als ich. Mich regt das so schrecklich auf. Du kennst mich ja.« Wieder traten ihr Tränen in die Augen. »Ich ruf' ihn gleich mal an.«

Martinas Mutter stand schnell auf und ging in den Flur, wo das Telefon stand. Martina hörte, wie sie die Wahlscheibe drehte und dann, nach einer Weile, ihren Namen nannte und sagte: »Ist mein Mann noch da?« – Und, nach einer weiteren, längeren Pause: »Ja, sagen Sie ihm bitte, daß es sehr wichtig ist. – Ein paar Minuten will ich gern warten. – Ja, ich bleib' dran, es ist ein Ortsgespräch.«

Martina zitterte immer noch. Anjas Worte hatten ihr einen Schock versetzt, vor allen Dingen wohl deshalb, weil sie bereits während Anja noch redete, spürte, daß die Freundin mit ihrer Anschuldigung wahrscheinlich recht hatte.

Wie oft hatte sie sich in der letzten Zeit gefragt, warum sich Inge so sehr verändert hatte. Martina hatte sich in der Familie immer wohlgefühlt. Natürlich hatte es auch Streit gegeben. Besonders Mutter und Inge kamen oft gar nicht miteinander klar. Aber Vater redete dann mit den beiden, und danach war der Frieden normalerweise wiederhergestellt.

Jedenfalls schien es Martina so, vielleicht auch deshalb, weil sie, als die Jüngste, von den anderen in besonders zärtlicher Weise geliebt und wohl auch verwöhnt worden war. Finanzielle Sorgen kannte man in der Familie nicht. Der Vater mußte als Vertreter einer mittelgroßen Elektronikfirma zwar hart arbeiten, und wegen seiner Reisetätigkeit konnte er oft tage- oder auch wochenlang nicht zu Hause sein. Aber er verdiente ausreichend Geld, und wenn er mit der Familie zusammen war, wurde auch immer etwas Schönes unternommen. Das konnte ein gemeinsames Essen auswärts sein, ein Ausflug in den Frankfurter Zoo mit anschließendem Rudern im Palmengarten, eine Dampferfahrt auf dem Rhein oder sogar, falls sein Arbeitsplan und die Schulferien der Töchter das zuließen, eine gemeinsame Reise.

Aber irgendwann, Inge mußte damals 15 Jahre alt gewesen sein, brach dieser schöne Familienfrieden auseinander. Inge sonderte sich immer häufiger von den anderen ab, wurde verschlossen und aggressiv. »Irgend etwas stimmt nicht mit ihr«, hatte die Mutter damals immer häufiger gesagt. »Ich mach' mir Sorgen um Inge.«

Zuerst hatten der Vater und Martina heimlich über die Mutter gelacht, denn solange Martina sich zurückerinnern konnte, hatte die Mutter sich immer Sorgen gemacht, sobald eine ihrer Töchter aus ihrem Blickfeld verschwunden war. Der Vater hatte sie einige Male davon abhalten müssen, die Polizei einzuschalten, weil Inge länger als eine Stunde über die vereinbarte Zeit bei einer Freundin oder in der »Narzisse«, der einzigen Discothek in Saalheim, geblieben war. »Deine Tochter wird erwachsen«, hatte der Vater in seiner ruhigen und überlegenen Art gesagt. »Sie sucht sich langsam ihren eigenen Lebensstil. Und das ist in Ordnung so.«

»Aber weißt du wirklich, in welcher Gesellschaft sie ist?« gab die Mutter aufgeregt zurück. »Man hört doch so viele schlimme Dinge darüber, was die jungen Leute heute treiben!«

Wenn Martina bei einem solchen Gespräch in der Nähe war, hatte sie ihr Vater normalerweise zärtlich in den Arm genommen und gesagt: »Ich lese auch Zeitungen und sehe fern. Ich weiß, daß es unsere Jugend oft sehr schwer hat, den richtigen Weg zu finden; ich weiß auch, daß viele auf der Strecke bleiben. Vor allen Dingen aber weiß ich eins: Meine Töchter wissen, was sie ihren Eltern schuldig sind.«

Seit etwa einem halben Jahr aber stimmte überhaupt nichts mehr. Inge, inzwischen 17 Jahre alt, lebte praktisch neben der Familie her. Selbst zu den Mahlzeiten erschien sie nur noch selten, und wenn, verschwand sie sehr schnell wieder, was selbst den geduldigen Vater wütend machte. Niemand konnte mehr mit ihr reden.

Wenn sie zu Hause war, schloß sie sich in ihrem Zimmer ein, ließ die Rolladen herunter und drehte ihre Stereoanlage auf volle Lautstärke. Aber meistens war sie nicht zu Hause. Sie kam unmittelbar nach Schulschluß und verschwand wieder, ohne die Mutter überhaupt begrüßt zu haben. Sie zog sich nur um. Erst spät in der Nacht oder gar in den frühen Morgenstunden kam sie nach Hause, schlief eine oder zwei Stunden, trank zum Frühstück höchstens Kaffee, der ungeheuer stark sein mußte, und ging dann grußlos zur Schule. Inge besuchte die 12. Klasse desselben Gymnasiums wie Martina.

Martina hatte zu Inge eigentlich immer ein gutes Verhältnis gehabt. Sie hatte die fünf Jahre ältere Schwester bewundert und beneidet, denn Inge, das fanden alle, war ein wunderschönes Mädchen: mittelgroß mit dunkelblonden Haaren, die ihr lang über Brust und Rücken fielen, und großen, hellbraunen Augen. Martina kam sich in Inges Gegenwart oft unbedeutend, ja häßlich vor. Sie war einfach zu klein und zu dürr, fand sie, um wirklich hübsch zu sein.

Aber Inge hatte Martina gegenüber nie die große Schwester hervorgekehrt, und im Laufe der Zeit war sie für die Kleine so etwas wie eine ältere Freundin geworden, mit der sie über alles reden konnte.

Aber auch das war seit dem letzten halben Jahr vorbei. In den wenigen Begegnungen und kurzen Gesprächen, die die beiden Schwestern noch hatten, erschien es Martina, als würde Inge von Mal zu Mal kälter, überheblicher, arroganter. Inges freundliches Lächeln, das Martina früher oft Mut gemacht und innere Wärme geschenkt hatte, war zu einem überlegenen Grinsen erstarrt. Ihre großen Augen blickten kalt und gefühllos. Schön allerdings war die Schwester immer noch, aber es war eine irgendwie eisige Schönheit.

Die Mutter lief immer öfter mit verweinten Augen durchs Haus, und selbst der Vater war manchmal unkonzentriert, nervös und gereizt.

Als Anja vorhin so schonungslos von Drogen gesprochen hatte, war es Martina wie Schuppen von den Augen gefallen. Unbewußt hatte sie schon lange gespürt, daß irgend etwas Schlimmes, etwas Schreckliches über der Familie schwebte. Jetzt war mit einem Schlag alles klar.

Wahrscheinlich raucht Inge Haschisch, dachte Martina. Sie hatte in einer Illustrierten gelesen, daß das viele Jugendliche taten, vielleicht sogar die allermeisten, so genau erinnerte sie sich nicht mehr an den Artikel. Aber soviel hatte sie noch im Gedächtnis: Es gab schlimmere, viel schlimmere Drogen als Haschisch, und man mußte Inge helfen, bevor sie vielleicht einmal an dieses Rauschgift kam. Warum hatten ihr ihre Eltern bloß nichts gesagt? Vielleicht hätte sie, trotz allem, mit der großen Schwester reden können. Zumindest hätte sie es versucht.

Offenbar hatte die Mutter den Vater inzwischen erreicht, denn Martina hörte, wie die Mutter ins Telefon sprach. Allerdings konnte sie nichts verstehen, weil die Mutter leise redete. Wahrscheinlich erzählte sie dem Vater, was Anja zu Martina gesagt hatte.

Plötzlich klang ihre Stimme klar und laut, fast erlöst.

»Martina, Papa möchte mit dir reden!«

Martina stürzte auf den Flur, riß der Mutter fast den Hörer aus der Hand.

»Ja, Papa!«

»Hallo, Tinalein!«

Die Stimme des Vaters klang so ruhig, so beruhigend, daß Martinas Angst und Aufgeregtheit schnell wie weggeblasen waren.

»Ach, Kleines, ich bin doch manchmal ein richtiger Vollidiot! Ich wollte alles richtig machen, und jetzt höre ich von Mama, daß ich alles schlimmer gemacht habe. Weißt du, ich wollte dir diese blöde Geschichte einfach ersparen. Manche Dinge sind so nebensächlich, daß es sich nicht lohnt, darüber zu reden. Aber ich hätte eigentlich wissen müssen, daß neugierigen Nachbarn nichts verborgen bleibt. Die Polizei...«

Aber die Polizei interessierte Martina im Moment nur am Rande.

»Was ist denn nun genau los mit Inge?« fragte sie. Die Ruhe des Vaters hatte sich auf sie übertragen. Und jetzt lachte Papa sogar.

»Mein Gott, Tinalein, hat diese dumme Gans Anja dich wirklich so erschreckt? Hör mal, Tinalein, ganz klar: Gar nichts ist los mit Inge. Außer natürlich, aber das weißt du ja selbst: Sie ist in einem sehr schwierigen Alter und benimmt sich entsprechend. Aber das tun so ziemlich alle Jugendlichen in Inges Alter. Das ist sicher nicht sehr angenehm, aber leider nicht zu ändern. Wenn alle jungen Menschen, die sich so benehmen wie Inge, Drogen nehmen würden, mein Gott, ich glaube, so viele Drogen gibt es auf der ganzen Welt nicht.«

Wieder lachte der Vater.

Martina war einen Moment lang völlig verwirrt. Fast automatisch fragte sie: »Und was war das nun mit der Polizei?«

»Ja«, die Stimme des Vater klang jetzt etwas angespannter, »das ist wohl das berühmte Körnchen Wahrheit, das in jeder Lüge zu finden ist. – Sag mal, Tinalein, weißt du, wer Axel Bach ist?«

Martina überlegte kurz. »Ich kenn' drei Leute, die Axel heißen, zwei davon sind in meiner Klasse, aber Bach heißt keiner. Wer soll das denn sein?«

»Ja, Tina, genau das ist offenbar das Problem. Die Polizei war nämlich wegen diesem Axel Bach bei uns. Das soll ein Bekannter oder sogar ein Freund von Inge sein. Weißt du irgend etwas darüber?«

»Nein, Papa. Aber Inge redet ja auch kaum noch mit mir.«

»Ja, leider.« Offenbar zündete der Vater sich gerade eine Zigarette an. Martina schloß es aus den Geräuschen, die aus dem Hörer drangen. »Dieser Axel Bach scheint tatsächlich eine Menge mit Drogen zu tun zu haben. Er wohnt im Keltenweg, und du weißt ja selbst, welche Sorte Menschen dort lebt, obwohl ganz sicher auch ein paar anständige Leute darunter sind. Ich will nicht ungerecht sein. – Also, Tina, ich muß zum Ende kommen. Ich hab' Inge auf diesen Axel hin angesprochen, aber sie sagte mir in ihrer schnippischen Art, ihre Freunde seien ausschließlich ihre Sache. Das ginge niemanden von uns etwas an. Ich hab' ihr allerdings klargemacht, daß ich keinerlei Kompromisse schließe, wenn es um Drogen geht. Falls sie mit diesem Bach in irgendeiner Beziehung stehe, habe sie die sofort und für immer abzubrechen! Sonst bringt dieser Bach sie wirklich eines Tages noch dazu, Drogen zu nehmen. Junge Menschen sind nun mal neugierig. Ich hoffe aber doch sehr, daß Inge vernünftig ist.«

»Du meinst also«, sagte Martina stockend, als der Vater eine Pause machte, »daß Inge selbst noch nie, ich meine, noch nie Drogen genommen hat?«

»Das geb' ich dir schriftlich«, sagte der Vater fest. »Aus welchem Grund sollte ein so hübsches und intelligentes Mädchen wie deine Schwester Drogen nehmen? Kannst du mir dafür auch nur einen einzigen Grund nennen?«

»Nein, Papa«, sagte Martina verwirrt.

»Siehst du, Tinalein, so einfach ist das. Deine Schwester hat keinen Grund, Drogen zu nehmen, also nimmt sie auch keine. – So, Tina, jetzt muß ich aber wieder an meine Arbeit. Ich hoffe, daß du dir jetzt keine Sorgen mehr machst. – Oder hast du noch Fragen?«

»Nein, Papa«, sagte Martina leise.

»Dann mach's gut, und grüß die Mama!«

Die Hörer wurden aufgelegt.

Martina schaute die Mutter an. »Die Anja ist wirklich zu blöde. Meinst du, daß ich ihr erzählen soll, was Papa gesagt hat?«

Die Mutter fuhr sich nervös durchs Haar.

»Wenn du willst!« sagte sie dann mit zitternder Stimme. »Vielleicht ist es aber auch besser, gar nichts zu sagen. Dann hört das blöde Gerede von ganz alleine auf. Aber auf der anderen Seite ist es natürlich schade um eure Freundschaft.«

Martina nickte traurig. Dann ging sie langsam durch die Wohnstube auf die Veranda und legte sich in einen Liegestuhl. Es war ein schöner Spätsommernachmittag.

Martina grübelte über das Gespräch mit dem Vater nach. Irgendwie war sie jetzt beruhigt, aber je mehr Minuten vergingen, um so mehr kehrte die alte Unruhe zurück. Nahm Inge wirklich keine Drogen oder wußten die Eltern nur nichts davon? Und dann schien ihr plötzlich, als habe sie den Namen Axel Bach doch schon einmal gehört, ganz zufällig, ohne darauf zu achten, auf dem Schulhof. Doris, Inges Freundin, war mit einem anderen Mädchen an Martina vorbeigegangen, und das Mädchen hatte genau in diesem Augenblick gesagt: »Inge geht ja jetzt mit dem Bach, dem Axel. Kennst du den näher?« Dann waren die beiden vorbei gewesen. Martina hatte diesen Gesprächsfetzen sofort wieder vergessen, schon deshalb, weil sie gar nicht sicher war, ob die beiden überhaupt von ihrer Schwester geredet hatten. Inge hießen schließlich mehrere Mädchen in der Schule. Oder bildete sie sich diesen Gesprächsfetzen nur ein? Martina grübelte und grübelte und fand keine Antwort.

Ob sie einfach bei Doris anrufen sollte?

Doris, ein auffallend großes Mädchen, war früher oft bei Inge zu Besuch gewesen, und Martina hatte sich gut mit ihr verstanden. Aber was sollte Doris denken, wenn Martina sie fragte, ob Inge einen drogensüchtigen Freund hatte? Würde Doris nicht sofort vermuten, daß auch Inge Drogen nahm? Würde dann nicht noch viel mehr geredet werden? Und sie, Martina, war schuld daran. Aber wenn Inge nun wirklich einen drogensüchtigen Freund hatte, war sie doch zumindest in Gefahr, selbst einmal Drogen zu probieren! Sicher, der Vater hatte schon recht, Inge hatte wirklich keinen Grund, Drogen zu nehmen. Aber vielleicht machte sie mal aus Neugier mit und kam dann nicht mehr von dem Zeug los. So wurde man doch süchtig. Jedenfalls hatte Martina das so im Fernsehen gesehen.

Martina fühlte ihr Herz fast im Hals schlagen und spürte, wie ihre Handflächen feucht wurden. Sie mußte sich Gewißheit verschaffen!

Sie war schon drauf und dran, Doris anzurufen. Aber die Mutter, die in der Küche arbeitete, würde das Gespräch mithören. Und das mochte Martina nicht riskieren.

Aber dann kam ihr eine andere Idee. Sollte sie nicht zuallererst versuchen, einmal mit Inge selbst zu sprechen? Wenn Inge absolut nicht mit ihr reden würde, konnte sie schließlich immer noch, sobald die Gelegenheit günstig war, bei Doris anrufen oder sie in der Schule ansprechen.

4

Martina hielt es auf dem Liegestuhl kaum mehr aus, aber sie war auch viel zu aufgeregt, um ihre Hausaufgaben machen zu können.

Wann würde Inge nach Hause kommen?

Martina war so angespannt, daß sie am liebsten einen Dauerlauf um die Altstadt herum gemacht hätte, immer auf dem Wall entlang. Aber wahrscheinlich würde Inge dann genau während der Zeit ihrer Abwesenheit kommen, sich etwas anderes anziehen und bis zum frühen Morgen verschwinden. Martina blieb gar nichts anderes übrig, als wenigstens äußerlich ruhig zu bleiben und zu warten, schon um die Mutter nicht aufzuregen.

Aber dann ging sie schießlich doch hinauf in ihr Zimmer und drehte das Radio an. Doch die Musik machte sie noch nervöser.

Inge kam nach etwa zwei Stunden.

Martina sah aus ihrem Fenster, wie Inge durch den Garten kam und über die Veranda das Haus betrat. Die Mutter rief etwas, was Martina nicht verstand. Aber die Schwester schien nicht zu reagieren. Martina hörte, wie sie mit langsamen Schritten die Treppe heraufkam, den kurzen Flur entlangging und dann in ihr Zimmer trat, das sich direkt neben dem von Martina befand. Die Tür ließ Inge offenbar offen, denn Martina hörte sie nicht ins Schloß fallen, wie es normalerweise geschah.

Martinas Hals war wie zugeschnürt, und deutlich spürte sie in diesem Augenblick, daß sie vor der früher so bewunderten und geliebten Schwester Angst hatte. Das mußte schon länger so sein, aber da sie Inge bisher immer ausweichen konnte, war ihr das bisher nicht so klar gewesen.

Aber jetzt gab es kein Ausweichen mehr. Martina mußte dringend mit Inge rede. Sie durfte vor den Wutausbrüchen der Schwester nicht länger davonlaufen.

Vorsichtig öffnete sie ihre Zimmertür, ging fast schleichend auf den Flur hinaus, machte zwei Schritte nach links und konnte durch die geöffnete Tür in das Zimmer der großen Schwester schauen.

Inge hatte sich gerade die Jeans ausgezogen und wühlte im Schrank herum. Offenbar suchte sie eine andere Hose. Wäschestücke flogen achtlos auf den Boden.

»Hallo, Inge!« würgte Martina hervor.

»Hey!«

Die Schwester drehte sich nicht einmal um. Ihre Stimme klang gelangweilt und kalt.

»Hast du mal 'n Moment Zeit?«

»Du siehst doch wohl, daß ich weg will.«

»Es dauert ja nicht lange.«

Inge wühlte immer aufgeregter im Schrank herum. »Verflucht noch mal!« schrie sie plötzlich. »Wieso ist meine schwarze Cordhose schon wieder nicht da? Mein Zimmer gehört mir, und in meinem Kleiderschrank hat keiner was verloren! Aber offenbar rafft das niemand!«

Inge zog eine schwarze Jeans aus einem Fach und hielt sie sich prüfend an die Beine. Dabei schaute sie in den großen Spiegel auf der Innenseite der Schranktür.

»Nun red schon!« schimpfte sie zu Martina hin. »Ich hab' doch wohl klar und deutlich gesagt, daß ich nicht ewig Zeit hab'!«

Martina schluckte. Am liebsten hätte sie sich irgendwo verkrochen.

»Ich muß was mit dir besprechen«, sagte sie dann leise. »Nein, eigentlich nicht besprechen. Aber ich muß dich was Wichtiges fragen.«

Inge stieg in die Jeans und knöpfte sie zu. »Ziemlich eng geworden«, sagte sie zu ihrem Spiegelbild hin. Dann drehte sie sich zu Martina um. »Oder was meinst du?«

Als Martina nicht sofort antwortete, schrie Inge: »Du, ich red' mit dir. Ich hab' dich was gefragt!«

»Siehst doch gut aus.«

Vor Aufregung konnte Martina nur flüstern. Aber dann nahm sie all ihren Mut zusammen und stieß hervor: »Anja sagt, daß du drogensüchtig bist. – Ich möcht' gern wissen, ob das, also ich möcht' wissen, was ich sagen soll, wenn die so etwas redet.«

»Das ist mir doch egal.«

Inge zog ihre rote Bluse aus und streifte einen weißen Pulli über.

»Sonst noch was?« fragte sie tonlos.

»Ja, stimmt das denn?«

Martina spürte, wie ihr kleine Schweißtropfen auf die Stirn traten.

»Nein!« sagte Inge uninteressiert.

»Aber«, Martina suchte nach Worten, »ich möcht' doch gern was tun, damit das Gerede aufhört.« Martina hatte jetzt ihre größte Angst überwunden. Inge schien gelangweilt, und das mußte doch heißen, daß sie unschuldig war.

»Guck doch mal, Inge«, fuhr Martina flüssiger fort. »Anja mag nicht mehr meine Freundin sein, weil ihre Eltern das nicht wollen. Ich find' das blöd, wo das doch nicht mal stimmt, daß du Haschisch rauchst.«

Bei dem Wort Haschisch blickte Inge überrascht auf. Dann lächelte sie irgendwie erleichtert und sagte ganz langsam: »Eins kann ich dir sagen, kleine Schwester. Wenn die Leute wüßten, wie blöd sie sind, würden sie vor Schreck auf der Stelle tot umfallen.«

Und dann stieß sie verächtlich hervor: »Haschisch!« Gönnerhaft strich sie Martina übers Haar. »Du kannst ganz beruhigt sein, und du kannst allen Saalheimern bestellen: Ich habe kein Problem mit Haschisch.«

Bei der zärtlichen Berührung durch die große Schwester schwand bei Martina auch der letzte Rest von Angst.

»Schwörst du mir das?« fragte sie mit fester Stimme.

Ohne auch nur einen Augenblick zu zögern, hob Inge die rechte Hand. »Ich schwöre.«

Martina fiel ein Felsbrocken vom Herzen. Frei und unbefangen konnte sie nun aussprechen, was ihr noch auf dem Herzen lag.

»Aber du hast einen Freund, der Haschisch raucht?«

Jetzt fuhr Inge leicht zusammen.

Mit einem schnellen Schritt, fast einem Sprung, war sie an Martina vorbei und schloß die Zimmertür.

»Setz dich mal hin, Martina!« Inges Stimme klang jetzt nahezu befehlend, und Martina war erschrocken, als sie sich jetzt vorsichtig auf den Rand von Inges Bett hockte.

Inge ging einige Male aufgeregt im Zimmer auf und ab. »Woher weißt du das?« fragte sie schließlich, ohne Martina dabei anzusehen.

»Die Leute reden darüber«, antwortete Martina stockend.

»Sie behaupten also, ich hätte einen Freund, der Haschisch rauchen würde?« hakte Inge nach.

Martina nickte. Anja hatte zwar von Drogen geredet und der Vater auch, aber damit war ja wohl Haschisch gemeint. Etwas anderes konnte Martina sich nicht vorstellen.

Inges Stimme klang leise, aber fest.

»Laß die Leute nur reden. – Aber du sollst die Wahrheit wissen! Ich will nicht, daß du die Lügen der Leute glaubst. Du sollst als Einzige wissen, wie alles wirklich ist.«

Sie machte eine lange Pause und sagte dann mit unbeteiligt klingender Stimme: »Axel hat früher mal was mit Drogen zu tun gehabt, mit Haschisch, wie du sagst.«

Martina meinte, in der Stimme der Schwester leisen Spott zu hören, aber da sie für Spott nicht den geringsten Grund erkennen konnte, meinte sie, sich geirrt zu haben. Außerdem sprach Inge ruhig und gleichmäßig weiter.

»Ich will dir auch ganz ehrlich sagen, daß Axel schon im Knast war, wegen Drogen. Deshalb waren die Bullen ja auch bei uns, so nach dem Motto: Einmal im Knast, immer ein Verbrecher. Und Freunde von einem solchen Menschen müssen natürlich auch Verbrecher sein. So denken die Leute. Dabei ist die ganze Sache länger als ein Jahr her. Als ich Axel kennenlernte, nahm er schon lange keine Drogen mehr. Ich hab' ihn in der »Narzisse« kennengelernt, und wir sind ziemlich aufeinander abgefahren. Er hat mir ganz ehrlich erzählt, was mit ihm los war. Aber er hat auch gesagt, daß er manchmal große Angst hat, wieder rückfällig zu werden. Er hat ja niemanden, der ihm hilft.«

Inge drehte ihr Gesicht zu Martina hin und schaute der kleinen Schwester in die Augen. »Und kannst du dir auch denken, warum er niemanden hat?«

Martina schüttelte unmerklich den Kopf. Sie mußte an das Telefongespräch mit ihrem Vater denken.

»Na«, fuhr Inge fort, »du kennst doch unsere lieben Saalheimer Mitbürger und ihre Vorurteile. Axel wohnt im Keltenweg. Muß ich wirklich noch mehr sagen?«

Wieder schüttelte Martina den Kopf. Die Leute vom Keltenweg galten den Saalheimern als faul, arbeitsscheu und kriminell. Wer etwas auf sich hielt, hatte keinen Kontakt zu den Menschen aus den sieben häßlichen Hochhäusern außerhalb der Stadtgrenzen. Martinas Eltern dachten genauso.

Als Martina noch in die Grundschule ging, waren in ihrer Klasse drei Kinder, die im Keltenweg wohnten, zwei Türkenjungen und ein gehbehindertes Mädchen. Diese Kinder hatten kaum wirklichen Kontakt zu den anderen, obwohl sie eigentlich in nichts anders waren. Dann und wann spielten die Kinder auch ganz selbstverständlich miteinander, zum Beispiel im Sportunterricht. Die Türkenjungen waren gute Fußballer und in der Klassenmannschaft deshalb sehr begehrt, und das behinderte Mädchen hatte in einem Malwettbewerb einen ersten Platz gewonnen, was natürlich auf die ganze Klasse zurückfiel. Aber keiner der Jungen oder Mädchen aus Saalheim wäre auch nur auf die Idee gekommen, eines der Kinder vom Keltenweg mit nach Hause zu nehmen. So etwas tat man einfach nicht.

Inge schaute die Schwester an.

»Ich würd' Axel so gern mal mit hierher bringen«, sagte sie bitter, »aber unsere Alten sind stolz darauf, alteingesessene Saalheimer zu sein, die nun mal keinen Kontakt zu diesem Gesocks vom Keltenweg haben. Ihre Vorurteile sind ihnen wichtiger.«

Inge setzte sich neben Martina auf den Bettrand und legte den Arm um die kleine Schwester.

»Sag 's den Alten nicht. Ich liebe den Axel sehr.«

Martina blickte Inge bewundernd an. »Du hilfst ihm, damit er nicht wieder mit Drogen anfängt«, sagte sie flüsternd.

Inge nickte langsam und zog Martina fest an sich. »Das ist nicht immer leicht, das kannst du mir glauben, besonders, wenn du niemanden hast, bei dem du dich mal richtig ausquatschen kannst. Und Papa will unbedingt, daß ich Schluß mach' mit Axel, obwohl der den überhaupt nicht kennt. Aber das ist so richtig typisch Papa.«

In diesem Moment war Martina sehr, sehr glücklich. Die schöne, tiefe Beziehung zwischen ihr und der älteren Schwester war wieder da, das Vertrauen zwischen ihnen, das Martina früher oft stolz gemacht hatte. Martina wußte, daß die Schwester sie jetzt brauchte, daß Inge niemanden hatte außer ihr. Das machte Martina froh.

»Aber«, sagte sie zögernd, »wenn Axel nun doch wieder anfängt mit Drogen? Kann es nicht sein, daß er dich dadurch echt in Gefahr bringt?«

Inge schob Martina zur Seite.

»Du bist genau wie die anderen!« sagte sie hart. »Axel wohnt im Keltenweg, und deshalb ist er ein schlechter Mensch, der andere Leute auf Drogen bringt. Und einem solchen Menschen darf man nicht helfen!«

»So hab' ich das nicht gemeint«, stammelte Martina erschrocken. – Aber hatte Inge nicht irgendwie recht? Wenn Axel nicht im Keltenweg wohnen würde, hätte Martina weniger Angst um die Schwester gehabt, auch wenn ihr Freund drogensüchtig und im Gefängnis gewesen wäre. Hatte sie die Vorurteile der Erwachsenen schon übernommen? Um von diesem Thema abzulenken, fragte sie leise: »Warum bist du eigentlich immer so aggressiv? Alle haben inzwischen Angst vor dir.«

Inge sprang auf.

Wütend schrie sie Martina an: »Weil mich dieser ganze Scheiß hier ankotzt! Die Alten mit ihren Vorurteilen, das dumme Gequatsche in der Stadt, ach, alles, einfach alles! Diese dämlichen Typen sind doch selbst dran schuld, wenn Jugendliche Drogen nehmen, um das alles zu vergessen! Kapierst du das nicht?«

Sie trat ans Fenster und schaute hinaus in den Garten. Martina dachte nach. Doch! Sie glaubte zu verstehen, was Inge hatte sagen wollen. Inge liebte einen Menschen, der Probleme mit Drogen gehabt hatte. Sie wollte ihm helfen, ohne Drogen zu leben, und dabei interessierte es sie nicht, wo dieser Mensch wohnte. Das war ihr völlig egal. Aber noch nicht mal mit ihren Eltern konnte Inge über ihr Problem reden, denn die Saalheimer mochten die Leute vom Keltenweg nun einmal nicht.

»Du bist schon in Ordnung«, sagte Martina leise zu ihrer großen Schwester.

5

»Kann ich bitte noch etwas Limo haben?«

Martina hielt mir über den Tisch hin ihr leeres Glas entgegen, und ich schraubte die Flasche auf und schenkte ihr nach. Sie trank das Glas mit einem Zug halb leer. Das lange Reden hatte sie durstig gemacht.

Natürlich hatte sie mir nicht alles so lückenlos und der Reihe nach erzählt, wie ich es niedergeschrieben habe. Vieles ging durcheinander, und ich mußte es nachträglich ordnen. Aber je länger sie sprach, um so klarer und zusammenhängender wurde ihr Bericht. Vor allen Dingen aber verlor sie von Satz zu Satz immer mehr die Angst, sich einem fremden Menschen anzuvertrauen.

Aber jetzt machte sie eine längere Pause und sagte dann unvermittelt: »Dann passierte so ungefähr sechs Wochen lang überhaupt nichts.«

»Wirklich nicht?« fragte ich.

»Nein«, sagte Martina und überlegte eine Weile, bis sie nachdenklich fortfuhr: »Ich hab' mich eben nicht richtig ausgedrückt. Eigentlich wollte ich sagen: Es passierte irgendwie immer dasselbe. Jeder Tag war genauso wie der andere. Nur, es war nicht mehr so schön wie früher, und ich hatte ein Gefühl, als wenn es auch nie wieder so schön werden würde. Ich weiß nicht, wie ich Ihnen das erklären soll.«

»War deine Freundschaft mit Anja wirklich kaputt?«

»Nein, eigentlich nicht«, sagte Martina nach kurzem Überlegen. »Mit Anja kam ich prima klar, nur ihre Eltern waren gegen unsere Freundschaft. Weil ich mit niemandem sonst darüber reden konnte, hab' ich Anja mal erzählt, was Inge mir gesagt hatte: daß sie dem Axel helfen wollte und so. Anja hat das auch sofort kapiert. Sie meinte, daß ihre Eltern dieselben Vorurteile gegen die Leute vom Keltenweg hätten wie meine. Deshalb könnte man ihnen auch nicht die Wahrheit sagen. Anja war nur traurig gewesen, weil ich nie mit ihr über Inges Problem geredet hatte, und sie wollte mir erst gar nicht glauben, daß ich das alles selbst nicht gewußt hatte. In der ganzen Klasse wäre doch darüber geredet worden. – Aber ich hatte das überhaupt nicht gemerkt, weil ich nicht viele Kontakte habe. Inge ist da ganz anders. Sie kennt jeden – und jeder kennt meine Schwester. Manchmal habe ich sie um ihre vielen Freundschaften beneidet, aber eigentlich nie lange. Ich bin nämlich gern allein, weil ich viel lese, und...«, sie schaute zu mir herüber und lächelte ein wenig verlegen, »... und manchmal schreibe ich auch was, kleine Geschichten und auch Gedichte. Irgendwie reichte mir die Freundschaft mit Anja völlig aus, und in der letzten Zeit waren wir wieder ziemlich oft zusammen. Ich erzähle ihr auch immer viel, weil ich weiß, daß ich Vertrauen zu ihr haben kann.«

»Und wie ging es zu Hause weiter?«

Martina schlug die Hände vors Gesicht.

»Heute weiß ich«, sagte sie traurig, »daß viele schlimme Dinge nicht passiert wären, wenn wir offen und ehrlich miteinander geredet hätten.«

Sie machte eine lange Pause, legte die Hände wieder auf den Schreibtisch und erzählte mit gleichmäßiger Stimme weiter.

»Manchmal war es nicht mehr auszuhalten. Mutter und Inge konnten überhaupt nicht mehr miteinander reden, kein Wort. Eigentlich hatten die ja noch nie besonders gut miteinander sprechen können, ich weiß auch nicht, wieso. Aber jetzt lief einfach gar nichts mehr. Inge kam und ging, wann sie wollte, und Mama weinte nur noch. Mindestens jeden zweiten Tag ging sie zum Arzt. – Manchmal war Inge auch überhaupt nicht in der Schule. Ich merkte das aber erst, wenn ich in den Pausen nach ihr suchte. Aber auch darüber konnte keiner mit ihr reden, auch Papa nicht. Manchmal brüllte der sogar im Haus rum, was früher überhaupt nicht vorgekommen war. Und wenn Inge nicht im Haus war, durften Mama und ich nicht über sie reden. Papa wollte nichts von ihr hören. 'Ich hab' andere Sorgen', sagte er immer. 'Wenn sie nicht mehr zu uns gehören will, soll sie doch gehen. Sobald sie 18 ist, schmeiß' ich sie ohnehin raus! Dann soll sie ruhig zu diesem Lumpen in den Keltenweg ziehen, wenn sie sich nicht schämt. Aber dann ist sie für uns tot!'«

Martina hatte ihre Hände wieder vors Gesicht geschlagen. »Wenn Papa so etwas sagte«, erzählte sie durch ihre Finger hindurch, »weinte Mama noch mehr. Und ich war dann ganz verzweifelt. Am liebsten hätte ich gesagt: 'Sie will dem Axel doch nur helfen, damit er nicht wieder ins Gefängnis muß!' Und ich wollte sagen, daß wir den Axel doch mal zu uns einladen sollten, weil wir ihn doch gar nicht kennen würden, vielleicht wäre er doch ganz in Ordnung. Aber ich traute mich nicht. Ich saß nur da und hatte Angst.

Ich weiß noch, wie Papa einmal mit aller Gewalt einen schönen Tag mit der Familie erleben wollte. Es sollte alles so sein wie früher. Er hat stundenlang auf Inge eingelabert, daß sie mitmachen sollte. Sie sollte wenigstens einmal guten Willen zeigen. Schließlich sagte Inge ja, weil sie völlig genervt war. Aber am nächsten Morgen, das war der Samstag, an dem wir uns einen schönen Tag machen wollten, war sie abgehauen.

Papa schrie wieder rum: 'Ich lasse mir doch nicht von der mein Wochenende verderben. Wir machen uns jetzt allein einen schönen Tag! Wir fahren nach Frankfurt zur Bundesgartenschau, damit wir mal auf andere Gedanken kommen!'

Aber irgendwie klappte es nicht so, wie Papa wollte. Keiner von uns kam auf andere Gedanken, und Papa wurde richtig böse, weil wir nicht fröhlich waren.

Ich weiß noch, daß Mama mittags auf einmal sagte: 'Ich möchte nichts essen. Ich würde keinen Bissen herunterbringen.'

Da ist Papa wütend mit uns nach Hause gefahren. Er sagte auf der Rückfahrt immer wieder: 'Ich kann mir auch allein einen schönen Tag machen!'

Ich glaube, er hat dann irgendeinen Freund besucht.

Wenn Papa und Mama sich unterhielten, mußte ich immer aus dem Zimmer raus. Das machte meine Angst noch größer, denn wenn die etwas besprachen, was ich nicht wissen durfte, war das bestimmt etwas Schlimmes. Außerdem war ich ganz sicher, daß es um Inge ging.

Aber auch diese Gespräche von Papa und Mama wurden immer seltener. Eigentlich redeten wir alle nur noch das Notwendigste.«

Wieder machte Martina eine längere Pause. Dann sagte sie ganz leise: »Es ist nicht mehr schön bei uns. Irgendwie ist es wie auf einem Friedhof.«

»Und wie kamst du selbst mit deiner Schwester klar?« fragte ich.

»Ach, eigentlich ganz gut«, antwortete sie. »Aber sie war ja nie da, und deshalb konnten wir auch nie richtig miteinander reden. Nur manchmal, wenn wir für einen kurzen Augenblick allein waren, flüsterte sie mir zu: 'Na, Tina, begreifst du nun, warum mich das alles so ankotzt?'

Und irgendwie hab' ich's begriffen. Ich konnte einfach nicht kapieren, warum Papa immer gleich losbrüllte, wenn von Inge oder Axel geredet wurde.« Sie machte ein Pause, schaute mir gerade in die Augen und sagte dann fest: »Ich wußte damals ja nicht, was er wußte. Ich kriegte nur immer mehr Angst vor seinem Gebrüll.«

»Wie alt ist dieser Axel eigentlich?«

»Zwanzig«, sagte Martina. Und dann fiel ihr schlagartig etwas ein. Sie schaute mir noch fester in die Augen und sagte laut: »Sie müßten den doch eigentlich kennen. Der ist doch süchtig, und Sie sind Drogenberater.« Sie zeigte mit dem Finger auf mich, und der Finger zitterte.

»Wahrscheinlich kennen Sie meine Geschichte längst und wissen alles viel besser als ich. Ganz Saalheim redet doch darüber.«

»Martina«, sagte ich zu dem aufgeregten Mädchen hin, »erstens: Wenn Menschen über etwas reden, heißt das noch lange nicht, daß sie wirklich die Wahrheit kennen. Jede Art von Gerede oder Stadtklatsch geht bei mir zum einen Ohr rein und zum anderen wieder raus. Zweitens: Ich kenne Axel Bach nicht, obwohl ich natürlich schon oft von ihm gehört habe. Längst nicht jeder Drogensüchtige geht zur Drogenberatung. Aber wenn er zu mir käme, würde ich dir das nicht sagen. Ich sage ja auch niemandem, daß du bei mir warst. Und drittens: *Deine* Geschichte kenne ich erst dann, wenn *du* sie mir erzählt hast, *du* und niemand sonst. – Haben wir uns verstanden?«

»Ja«, sagte Martina erleichtert.

Sie trank ihre Limo aus und schüttelte den Kopf, als ich ihr nachschenken wollte. Dann erzählte sie langsam weiter: »Den Axel hab ich zum erstenmal gesehen, als ich Inge im Krankenhaus besuchte. Also, ich war vielleicht von den Socken, als ... ach so, ich hab' noch was ganz Wichtiges vergessen...«

6

In der großen Pause unterhielten sich Martina und Anja aufgeregt über die Mathearbeit, die sie eben geschrieben hatten. Die Mädchen stellten schließlich fest, daß sie bestenfalls mit einem »Ausreichend« rechnen konnten, denn sie waren nicht einmal fertig geworden. Anja nicht, weil sie daran gewöhnt war, alles, was mit Mathematik zu tun hatte, von der Freundin erledigen zu lassen und dann abzuschreiben.

Martina war nicht fertig geworden, weil sie ständig an Inge denken mußte, die erst heute morgen nach dreitägiger Abwesenheit wieder nach Hause gekommen war. Gestern hatte Martina zufällig ein Telefonat mitbekommen. Inges Klassenlehrerin hatte zu Hause angerufen und gesagt, daß Inge die Schule verlassen müsse, wenn dieses ständige unentschuldigte Fehlen nicht aufhöre. Zumindest hatte Martina das aus den Antworten der Mutter geschlossen, denn die Stimme der Lehrerin hatte sie selbstverständlich nicht hören können.

Plötzlich hörten die Mädchen das durchdringende Geheul eines Martinshornes, und unmittelbar darauf raste ein rotweißer Notarztwagen auf den Schulhof und bremste mit quietschenden Reifen. Zwei weißgekleidete Männer sprangen heraus und zogen eine Metallbahre aus dem Wagen. Einer trug ein Metallköfferchen an einem Riemen über der Schulter. Die Männer liefen durch den Hofeingang in die Schule. Die Schülerinnen und Schüler, die sich sofort um dieses Tor zu drängeln begannen, wurden von zwei Lehrern und einer Lehrerin zurückgedrängt.

»Hier gibt es nichts zu sehen, überhaupt nichts!« rief die Lehrerin laut. »Macht ruhig eure Pause zu Ende! Bitte geht weiter und versperrt den Weg nicht!«

Martina stand wie angewurzelt.

»Sie holen Inge«, flüsterte sie.

Anja starrte die Freundin erschrocken an. »Wieso? Wie kommst du denn darauf?«

Martina erschrak über ihre eigenen Gedanken. Ja, wie kam sie darauf? Mehrere hundert Mädchen und Jungen besuchten dieses Gymnasium, und sie hatte schon mehr als einmal erlebt, daß der Notarztwagen gekommen war. Es gab überhaupt keinen Grund für Martinas Angst, daß ausgerechnet ihrer Schwester etwas passiert sein sollte. Und doch wußte sie, daß es so war. Und gleichzeitig wußte sie nicht, warum sie das wußte.

Erneut drängten die Kinder und Jugendlichen zum Eingang hin, denn die weißgekleideten Männer kamen heraus. Auf der Bahre lag eine Gestalt, die bis zu den Augen hin mit einem dunklen Tuch zugedeckt war. Das laute Schimpfen der Lehrerin nutzte überhaupt nichts. Der Notarztwagen war schnell von einer so dichten Kindertraube umdrängt, daß die beiden Männer die Bahre nur mit großer Mühe hineinschieben konnten. Das Blaulicht auf dem Dach des Wagens flammte auf, das Martinshorn heulte los, und das Unfallauto fuhr langsam vom Schulhof.

Und dann stand auf einmal Doris neben Martina, das

Mädchen, das früher einmal eng mit Inge befreundet gewesen war. Sie faßte Martina bei der Hand und zog sie ein wenig von Anja fort.

»Tut mir leid«, sagte sie leise. »Aber vielleicht ist es auch ganz gut so.«

»Was ist gut so?« fragte Martina fast automatisch, und dann fiel ihr ein, daß Doris eine Klassenkameradin von Inge war. Sie würde bestimmt Genaueres wissen.

»Was ist denn eigentlich passiert?« fragte Martina leise. Ihre Stimme zitterte.

»Ich kann dir nur erzählen, was ich mitgekriegt habe«, sagte Doris. »Deine Schwester sagte in der letzten Stunde plötzlich, daß ihr schlecht wäre und ob sie mal auf die Toilette gehen dürfte. Sie war kreidebleich und schwitzte ziemlich stark. Als sie nach fast einer halben Stunde immer noch nicht zurück war, kriegte ich es mit der Angst. Ich weiß ja schließlich auch, was mit Inge los ist.«

Martina starrte das große Mädchen an.

Was war denn los mit ihrer Schwester? Glaubte Doris etwa auch an das dumme Gerede der Leute? Doris war doch Inges Freundin, zumindest war sie's gewesen! Inge nahm keine Drogen! Das hatte sie geschworen. Sie versuchte vielmehr, einem drogensüchtigen Menschen zu helfen. Aber vielleicht...

Martina hatte Angst, daß ihr die Knie einknicken würden. Vielleicht hatte Axel Inge überredet, mal Drogen zu versuchen? Vielleicht war Inge inzwischen wirklich süchtig? Sie wurde ja immer komischer. Doris schien etwas zu wissen, und das mußte Martina erfahren.

»Du meinst«, sagte sie, aber ihre Stimme versagte. Sie setzte noch einmal an. »Du glaubst, daß Inge Drogen nimmt?«

»Das weiß doch so ziemlich jeder in Saalheim«, sagte Doris hart. »Aber niemand will es zugeben: bei euch zu Hause nicht und hier in der Schule auch nicht. – Weißt du, was unsere

Klassenlehrerin meinte, als ich fragte, ob ich nicht mal nach Inge schauen dürfte? – Sie sagte, sie würde selber gehen. Das ist doch merkwürdig, oder findest du nicht?«

Martina verstand zwar nicht, was Doris damit meinte, aber die sprach auch schon weiter: »Wenn deine Schwester auf dem Klo zusammengebrochen war, weil sie sich was gespritzt hatte, würde vielleicht die Spritze neben ihr liegen. Dann hätte man natürlich die Polizei holen müssen, und unser sauberes Gymnasium wäre Stadtgespräch und hätte für die nächste Zeit seinen schlechten Ruf weg. Ich könnt' mir gut vorstellen, daß Frau Waldner die Spritze verschwinden ließ.«

Martina starrte Doris entsetzt an. Jetzt verstand sie gar nichts mehr.

»Weißt du«, fuhr Doris fort, »ich hatte einen Vetter, den ich sehr gemocht hab'. Vor einem halben Jahr ist er an Drogen gestorben, in einer kleinen Stadt in Süddeutschland, wo alles so ähnlich ist wie bei uns in Saalheim. Jeder wußte, daß Achim Drogen nahm: seine Eltern, seine Lehrer und der Arzt, der ihn behandelte. Aber keiner redete darüber. Nach außen hin war Achim schwer herzkrank. Deshalb brauchte er viele Medikamente, und oft mußte er eine Kur machen. In Wirklichkeit war er in Gefängnissen und Klapsmühlen, und die Medikamente, die er angeblich nehmen mußte, waren Drogen. Als er gestorben war, schrieb der Arzt 'Herzversagen' auf den Totenschein.

Verstehst du, was ich damit sagen will? Niemand half Achim bei seinem Drogenproblem, weil er nach außen hin gar keines hatte. Und was da jetzt mit deiner Schwester läuft, erinnert mich verdammt an das Schicksal von Achim.«

Doris' Stimme war immer lauter geworden, zum Schluß hatte sie sich fast in Wut geredet. Jetzt schwieg sie erschöpft.

Es klingelte zum Unterricht, und wie im Traum ging Martina mit den anderen ins Klassenzimmer, kramte aus ihrer Tasche die Bücher und Hefte für die Unterrichtsstunde heraus.

Aber Martina konnte sich auf die Worte des Lehrers nicht konzentrieren. Ihr Kopf war voller durcheinanderwirbelnder Gedanken. Manchmal schlossen sich diese Gedanken zu Ketten zusammen, und Martina meinte, manches zu begreifen. Aber dann fielen die Glieder wieder auseinander, gingen neue Verbindungen ein, und alles sah ganz anders aus. Doris hatte so viel gesagt und dabei so schnell geredet. Irgend etwas war da gewesen ... aber Martina wollte nicht einfallen, was dieses Besondere war.

Der Lehrer spürte Martinas geistige Abwesenheit, und den Grund dafür konnte er sich natürlich denken. Am Ende der Stunde bot er dem Mädchen an, es könne nach Hause gehen, und dankbar nahm Martina an.

Da, auf einmal, auf dem Heimweg, war ihr, als würde ihr der Kopf in Stücke springen. Wie in einem Videofilm sah sie Doris vor sich stehen und hörte sie sagen: »Wenn deine Schwester auf dem Klo zusammengebrochen war, weil sie sich was gespritzt hatte, würde vielleicht die Spritze neben ihr liegen. Dann hätte man natürlich die Polizei holen müssen.«

Eine Spritze!

Aber Haschisch wurde geraucht! Das spritzte man doch nicht! Martina erinnerte sich an die Illustriertenberichte, die ihre Mutter seit einiger Zeit sammelte. Die hatte sie vor ein paar Wochen mehr oder weniger gedankenlos durchgeblättert, als die Mutter einkaufen war. Da waren Bilder von Süchtigen zu sehen, die sich ihre Drogen spritzten, in die Armbeuge, in die Füße, ins Handgelenk, einer spritzte sich in den Hals. In den kurzen Texten zu den Bildern war immer wieder von Lebensgefahr die Rede. Und die Droge, daran erinnerte sich Martina auch, hieß Heroin.

Sollte Inge sich Heroin spritzen?

»Aber nein«, sagte Martina in ihrer Aufregung halblaut vor sich hin. »Inge hat mir doch geschworen, daß sie keine Drogen nimmt.«

Stimmt ja gar nicht! fuhr es ihr sofort wieder durch den Kopf. In dem Gespräch der beiden Schwestern war nur von Haschisch die Rede gewesen, daran erinnerte sich Martina ganz genau. Martina hatte Haschisch gesagt, weil sie sich etwas anderes überhaupt nicht vorstellen konnte. Auf Heroin wäre sie im Leben nicht gekommen. Sie konnte sich auch jetzt noch nicht vorstellen, daß Inge etwas tun sollte, was lebensgefährlich war. Dafür liebte ihre Schwester das Leben doch viel zu sehr.

Und dann zuckte ihr wieder ein beruhigender Gedanke durch den Kopf. Die jungen Menschen auf den Illustriertenfotos hatten furchtbar ausgesehen: bleich im Gesicht, Wangen und Augen waren tief eingefallen, überall zogen sich verkrustete Narben über die Haut. Und Martina erinnerte sich, daß in den Texten gestanden hatte, daß Heroinsüchtige sich ganz und gar verkommen lassen. Ihre Schwester war doch ganz anders: schön, gepflegt und immer geschmackvoll gekleidet. Inge konnte also gar nicht heroinsüchtig sein! Aber vielleicht Axel?

»Man müßte die Polizei holen«, hatte Doris gesagt.

Die Polizei war doch schon bei ihnen zu Hause gewesen, wegen Axel. Ein ungeheurer, wilder Haß gegen diesen Jungen kam plötzlich in Martina hoch. Der hatte Inge bestimmt überredet, Heroin zu versuchen! Der hatte sie vielleicht auf dem Gewissen. Jetzt war sie noch nicht süchtig, denn sie sah nicht im entferntesten so aus wie die Leute auf den Illustriertenfotos, aber vielleicht gab es für Inge trotzdem schon jetzt kein Zurück mehr. Axel war schuld daran! Ihre Eltern und Anjas Eltern hatten doch recht! Von den Leuten aus dem

Keltenweg mußte man sich fernhalten. Zumindest von den meisten, sagte sie sich, denn obwohl ihre Gedanken nur um Inge kreisten, waren ihr doch die beiden Türkenjungen und das behinderte Mädchen eingefallen.

Die Mutter hatte verweinte Augen, als sie ihrer Tochter die Haustür öffnete.

»Hast du schon im Krankenhaus angerufen?« fragte Martina sofort mit stockender Stimme. »Was ist denn nun los mit Inge?« Würde die Mutter die Wahrheit wissen?

»Nicht in der Tür«, sagte die Mutter und zog Martina hinter sich her in die Stube. »Es ist ziemlich schlimm«, schluchzte sie und drückte Martina fest an sich. »Inge braucht zunächst einmal ein paar Tage äußerste Ruhe, nichts als Ruhe. Niemand darf sie besuchen.«

Martina machte sich aus den Armen der Mutter frei. »Was hat sie denn?«

»Irgend etwas mit ihren Nieren stimmt nicht. Das muß schon lange so gewesen sein. Aber du weißt ja selbst, Inge sagt nie, was mit ihr los ist.«

Martina starrte die Mutter an. »Hat das der Arzt wirklich gesagt?«

Die Mutter nickte.

Martina schluckte. »Und es ist ganz sicher, daß der Arzt recht hat? Ich meine nur, weil Doris mir gesagt hat ...«

Martinas Stimme versagte. Sie konnte nicht weiter sprechen, mußte sich hinsetzen.

»Ich kann mir schon denken, was Doris behauptet hat«, sagte die Mutter durch die Tränen hindurch. »Ich habe eben gerade mit Papa telefoniert und alles mit ihm abgesprochen. Wenn ein böses Gerücht erst einmal in der Welt ist, können wir nichts mehr dagegen tun. Damit müssen wir wohl leben. Aber den Ärzten werden wir ja wohl die Wahrheit glauben können. Wenn Inge wirklich Drogen genommen hätte, wäre das im Krankenhaus ganz sicher festgestellt worden.«

Martina hätte am liebsten vor Freude laut aufgeschrien. Inge war nicht drogensüchtig! Sie war ganz einfach krank, wie andere Menschen gelegentlich auch krank sind. Von nun an würde sie nie mehr an ihrer Schwester zweifeln, mochten die anderen doch reden, was sie wollten. Mochte Doris ruhig von irgendwelchen Spritzen faseln, die sie ja überhaupt nicht gesehen hatte! Martina würde niemandem mehr glauben, der schlecht über ihre Schwester redete. Im stillen bat sie Axel um Verzeihung und auch die anderen Leute vom Keltenweg, denen sie in ihren Gedanken so bitter unrecht getan hatte.

Am Nachmittag ging Martina mit Anja ins Kino. Natürlich erzählte sie der Freundin auch von Inges Nierenkrankheit. Anja nickte verständnisvoll und sagte dann: »Gut, daß du mir das erzählst, denn meine Alten glauben natürlich auch die Story von den Drogen.«

8

Fünf Tage später besuchte Martina ihre Schwester im Krankenhaus.

Gleich nach der Schule lief sie hin. Eigentlich hatte sie für Inge ein paar Süßigkeiten kaufen wollen, aber weil die Schlange an der Kasse des Supermarktes sehr lang war, verlor sie sofort die für den Einkauf notwendige Geduld. Mit klopfendem Herzen betrat sie das Saalheimer Kreiskrankenhaus und stieg langsam die Treppen hinauf in den zweiten Stock, ging einen langen weißen Gang entlang. Zwei große Glastüren mußte sie dabei öffnen. Es roch nach Medizin, und eine Schwester schob einen Wagen an Martina vorbei, worauf viele Spritzen und Medikamente lagen.

Die Schwester schaute Martina an und fragte im Vorübergehen: »Weißt du hier Bescheid?«

Martina nickte. Ihre Mutter hatte ihr genau beschrieben, wo Inge zu finden war.

Und dann stand sie vor Zimmer 217.

Sie klopfte, aber sie hörte keine Antwort. Nach einer Weile klopfte sie noch einmal, etwas stärker. Wieder nichts. Aber dann hörte sie die Stimme der Schwester, die eben an ihr vorbeigegangen war. »Deine Schwester hört dich wahrscheinlich nicht. Wir haben hier Doppeltüren. Du kannst aber ruhig hineingehen.«

Aufgeregt öffnete Martina ganz leise die erste und dann die zweite Tür.

Das Zimmer war sehr klein, und es stand auch nur ein einziges Bett darin, in dem ihre Schwester lag. Inge starrte erschrocken zur Tür, und der junge Mann, der bei ihr auf der Bettkante saß, fuhr hoch, als sei er bei etwas Verbotenem ertappt worden.

Aber dann lächelte Inge und sagte ruhig: »Keine Sorge, Axel, das ist nur meine kleine Schwester.«

Martina sah, wie sie schnell Tabletten in den Mund steckte, die sie eben noch in der Hand gehalten hatte, und wie sie mit einem Schluck Wasser nachspülte.

Axel!

Martina war völlig durcheinander. Da Axel helle Jeans und ein weißes T-Shirt trug, hatte sie ihn eben noch für einen Arzt oder einen Pfleger gehalten. Aber daß ausgerechnet dieser junge Mann Axel sein sollte, ging ihr auch jetzt noch nicht in den Kopf.

»Was glotzt du ihn denn so an?« frage Inge verärgert. »Das ist mein Freund Axel! Oder hast du noch nie einen Mann gesehen?«

Martina fühlte, daß sie rot wurde.

Weil sie wußte, daß Axel im Keltenweg wohnte, daß er früher einmal Drogen genommen hatte oder immer noch nahm und daß er im Gefängnis gewesen war, hatte sie sich ihn ganz anders vorgestellt. Sie hätte zwar nicht sagen können, wie, aber ganz sicher nicht so gepflegt und so – ja, es gab dafür kein anderes Wort –, so hübsch.

Axel hatte lange blonde Locken und braune Augen. Er war mittelgroß, aber kräftig und braungebrannt. Martina hatte inzwischen zwar gemerkt, daß seine Kleidung nicht ganz fleckenlos war, aber aus eigener Erfahrung wußte sie auch, daß es geradezu ein Ding der Unmöglichkeit war, weiße Kleidung zu tragen, auf der nicht nach kürzester Zeit Schmutz zu sehen war.

In einem war sich Martina ganz sicher: Wenn sie es nicht eben von ihrer Schwester erfahren hätte, würde sie nie vermutet haben, daß dieser junge Mann zum »Gesocks vom Keltenweg«, wie die Saalheimer sagten, gehörte. Und Martina verstand, daß ihre Schwester diesen Jungen liebte und ihm helfen wollte.

»Ich hab's gern, wenn eine Dame mich anguckt«, sagte Axel halb zu Inge und halb zu Martina hin. »Das bestätigt mir, daß ich ein schöner Mann bin.«

»Du bist ein Angeber!« sagte Inge scharf.

»Und du bist eifersüchtig!« gab Axel zurück. Er hielt Martina die Hand hin, und das Mädchen wunderte sich, daß Axel einen Ring mit einem kleinen grünen Stein trug.

»Hallo«, sagte er. »Ich bin der Axel.«

»Martina«, entgegnete sie und schüttelte die Hand des jungen Mannes, die sich angenehm warm anfühlte.

»Und gleichzeitig tschüß«, sagte Axel. »Ich wollte sowieso gerade gehen.«

»Aber du kommst heute noch mal vorbei?«

Martina glaubte, Angst in Inges Stimme zu hören.

»Wenn ich hier was angecheckt kriege, komme ich vorbei«, antwortete Axel. »Aber wenn ich nach Frankfurt fahren muß, dauert es bis morgen.«

»Bis morgen? Bist du wahnsinnig?«

Martina erschrak, weil sie sah, wie die Schwester zu zittern begann, wie sich erst kleine und dann immer größere Schweißperlen auf ihrer Stirn bildeten. »Wenn du heute nicht mehr kommst, dreh' ich total durch. Raff das endlich!«

»Ist ja gut, Inge.«

Axels Stimme klang beruhigend. »Du weißt doch, daß ich tu, was ich kann. Aber mehr als das kann ich nun mal nicht.«

Er küßte Inge leicht auf die Lippen, tippte Martina auf die Schulter und ging aus dem Zimmer.

Martina trat näher an das Bett der Schwester heran, setzte sich dort auf den Rand, an die Stelle, wo Axel gesessen hatte.

Langsam ließ bei Inge das Zittern nach.

»Hast du große Schmerzen?« fragte Martina leise.

Inge nickte.

»Was war denn eben mit dir los? Ich glaub', ich hab' das nicht richtig mitgekriegt. Wieso drehst du durch, wenn Axel heute nicht mehr kommt?«

Inge wandte sich zur Wand und schwieg, und Martina fragte sich hilflos, ob sie ihre Schwester mit dieser Frage irgendwie erzürnt hatte. Nach einer Weile sagte sie leise: »Geht mich ja nichts an. Entschuldige bitte, ich wollte mich nicht in deine Angelegenheiten einmischen. Tut mir leid.«

Inge drehte sich zurück und schaute die kleine Schwester lange an. Dann sagte sie: »Ich hab' Angst, daß er Scheiß baut, wo ich doch jetzt im Krankenhaus bin. Ich hab' Angst, daß er nach Frankfurt verschwindet, wie letzte Woche. Ich hab' ihn fast drei Tage lang gesucht. Du weißt ja, das war die Zeit, als ich nicht in der Schule war. Wenn er in Frankfurt ist, wird er immer wieder rückfällig, und wenn er heute nicht mehr zu mir kommt, weiß ich, daß alles aus ist.«

Wieder traten Schweißperlen auf Inges Stirn, und auch ihre Hände begannen erneut zu zittern, noch heftiger als vorhin.

»Er muß kommen«, flüsterte Inge. »Er muß ganz einfach kommen. Ich halt' das sonst nicht aus. Ich hab' Schmerzen. Ich dreh' durch. Ich glaub', wenn er nicht kommt, hau' ich hier ab.«

»Nein, Inge! Das darfst du nicht machen. Der Doktor hat zu Papa gesagt, daß du sehr krank bist und mindestens 14 Tage im Krankenhaus bleiben mußt.«

Inge nickte mit schmerzverzerrtem Gesicht.

»Der Arzt ist ein Idiot!« flüsterte sie. »Der hat ja keine Ahnung, wie das ist, wenn einen die Drogen wegziehen, wenn du das Zeug brauchst, weil du sonst überschnappst.«

Martina wollte etwas sagen. Ihr fiel nichts ein.

Wütend starrte Inge die kleine Schwester an. »Du kapierst überhaupt nichts!« schrie sie hysterisch. »Wie kann man nur so dämlich sein! Merkst du denn nicht, was mit mir los ist?«

»Doch!« flüsterte Martina. »Du hast den Axel sehr lieb, und du hast Angst, daß er sich Drogen holt, weil er sonst durchdreht. Ist es wirklich so schlimm mit ihm? Er sieht doch ganz in Ordnung aus.«

Inge lachte schrill auf. Aber gleich darauf sah sie sehr traurig aus, und langsam und zärtlich strich sie der kleinen Schwester mit der zitternden rechten Hand übers Haar.

»Ich merke«, sagte sie tonlos, »daß ich mit meinem Problem ganz allein bin.«

Verwirrt verließ Martina das Krankenhaus. Erst viel später verstand sie, was Inge ihr hatte sagen wollen, und sie dachte, daß sie es vielleicht nicht hatte hören wollen.

9

Als Martina am nächsten Tag nach der Schule abermals vorsichtig die Türen des Krankenzimmers 217 öffnete, fand sie dort ein leeres, frisch bezogenes Bett vor. Zunächst erschrak sie, aber dann dachte sie, daß man ihre Schwester wahrscheinlich verlegt hätte. Hoffentlich war es nicht schlimmer geworden mit ihr.

Sie schloß die Türen wieder und lief den Gang zurück bis zu einem Zimmer mit der Aufschrift »Personalraum«.

Die Tür stand offen, und Martina sah eine junge Schwester an einem Tisch sitzen und etwas schreiben. Als sie genauer hinschaute, bemerkte sie, daß es dieselbe war, die gestern den Wagen an ihr vorbeigeschoben hatte. Zaghaft klopfte Martina an den Türrahmen.

Die Schwester blickte auf, schaute das Mädchen an und erinnerte sich.

»Oh«, sagte sie, »du bist es. Ja, weißt du denn nicht, daß deine Schwester nicht mehr bei uns ist?«

Martina erschrak. Also war Inge doch weggelaufen.

»Wir mußten Inge heute früh nach Hause schicken«, fuhr die Krankenschwester fort. »Sie konnte nicht länger hier bleiben. Das ging ganz einfach nicht mehr.«

»Aber wieso ist sie denn so schnell gesund geworden?« fragte Martina verwirrt.

»Inge ist sehr krank«, sagte die Krankenschwester mit ernstem Gesicht. »Deine Eltern werden dir das sicher genauer erklären.«

»Vielen Dank«, sagte Martina kaum hörbar und ging eilig und mit sich überschlagenden Gedanken durch die beiden Glastüren in der Mitte des langen weißen Ganges und dann die Treppen hinunter aus dem Krankenhaus. Sie spürte, daß irgend etwas Schlimmes passiert war, aber sie bekam keinen Sinn in das, was die Krankenschwester gesagt hatte. Wieso war Inge nach Hause entlassen worden, wenn sie so krank war? Sie grübelte noch, als die Mutter ihr die Haustür öffnete.

»Was ist mit Inge los?« fragte Martina sofort.

»Gewöhn dir bitte nicht an, Familiengespräche in der Haustür zu führen«, sagte die Mutter, und Martina hörte, daß ihre Stimme zitterte. Stumm folgte sie der Mutter ins Wohnzimmer.

»Inge muß nicht unbedingt im Krankenhaus liegen«, sagte die Mutter dort. »Das Wichtigste ist, daß sie äußerste Ruhe hat, und die hat sie bei uns zu Hause ja auch. Dr. Wagner schaut jeden Tag vorbei und sorgt dafür, daß Inge ihre Medikamente bekommt. Ich glaube, das ist besser so. – Jetzt schläft sie. Dr. Wagner hat ihr eben eine Spritze gegeben.«

Sie legte Martina die Hand auf die Schulter und sagte: »Der Arzt hat gesagt, daß immer einer von uns zu Hause sein sollte, weil Inge manchmal große Schmerzen kriegt, und dann sollen wir sofort bei Dr. Wagner anrufen. Ich werde zu Hause bleiben. Deshalb mußt du in den nächsten vier Wochen alle Einkäufe erledigen. Willst du das tun?«

»Klar, Mama, das ist doch überhaupt kein Problem«, sagte Martina beruhigt. Sie hatte wer weiß was für schlimme Dinge befürchtet. Dabei war alles in bester Ordnung, wenn man einmal davon absah, daß Inge krank war. Aber gemessen an Martinas Befürchtungen zählte das fast überhaupt nicht.

»Und in vier Wochen ist Inge wieder gesund?« fragte sie.

Die Mutter schüttelte den Kopf.

»Inge ist sehr, sehr krank. Aber Dr. Wagner meint, daß sie in ungefähr vier Wochen soweit wiederhergestellt ist, daß sie mit einer langen Kur beginnen kann.« Die Mutter wischte sich müde mit der Hand übers Gesicht. »Danach wird sie gesund sein.«

Langsam ging Martina die Treppen hinauf in den ersten Stock und dann in ihr Zimmer. Leise schloß sie die Tür hinter sich, warf sich aufs Bett.

Als die Mutter eben von der Kur für Inge gesprochen hatte, hatte Martina plötzlich wieder Doris vor sich gesehen, und sie hörte ganz deutlich, wie das Mädchen sagte: »Nach außen hin war Achim dauernd in einer Kur, aber in Wirklichkeit war er in Gefängnissen oder Klapsmühlen.«

»Nein, nein«, sagte Martina gequält zu sich selbst. »Dieser Achim war drogensüchtig, und Inge ist krank. Ich laß' mich doch von den blöden Saalheimern nicht verrückt machen, und von Doris schon lange nicht. Die ist ja bloß eifersüchtig, weil Inge nicht mehr ihre Freundin ist. – Inge ist krank, und deshalb muß sie in Kur. Viele Menschen müssen in Kur, weil sie krank sind. Auch Papa macht fast jedes Jahr eine Kur.«

Aber es gelang Martina nicht, die Gedanken an Doris zu verscheuchen, im Gegenteil: Je mehr sie das versuchte, um so lauter sprach Doris in Martinas Gedanken hinein: »Was da jetzt mit deiner Schwester läuft, erinnert mich verdammt an das Schicksal von Achim.«

»Quatsch!« sagte Martina laut. »Alles Quatsch!«

10

»Hey, Martina.«

Martina war aus ihren Gedanken hochgeschreckt, die sie trotz aller Bemühungen nicht loswerden konnte. In der großen Pause war Doris auf sie zugekommen.

»Wie geht's deiner Schwester, Tina?« hatte sie gefragt.

»Na ja, eigentlich nicht besonders gut.«

»Das glaub' ich. Es dauert lange, bis man richtig von den Drogen loskommt. Bestell Inge einen ganz lieben Gruß von mir. Sie soll nicht aufgeben. Sag ihr, daß ich sie gern mal wieder besuchen würde, natürlich nur, wenn sie mag. Sie wollte in der letzten Zeit ja nicht mehr viel von mir wissen, aber ich mag sie trotzdem noch.«

Martina hatte Doris wütend angeblickt. Erregt hatte sie geantwortet: »Inge hat irgendeine schlimme Sache mit ihren Nieren. Und wenn du sie wirklich magst, solltest du nicht behaupten, daß sie Drogen nimmt!«

Doris hatte Martina traurig angeschaut und leise gesagt: »Ich versteh' schon. – Aber für mich hat Freundschaft nun mal was mit Ehrlichkeit zu tun.«

Martina hatte sich umgewandt und war grußlos weggelaufen. Aber Doris' Worte verfolgten sie den gesamten Unterricht über und noch auf den Heimweg, wo plötzlich, direkt beim Supermarkt, Axel vor ihr stand.

»Hab' ich dich erschreckt?«

»Ein bißchen schon«, stammelte Martina überrascht und verlegen. »Ich hab' grad an was Wichtiges gedacht.«

Martina konnte ihren Blick nicht von Axels Gesicht lösen. So etwas hatte sie noch nie gesehen: Axels Augen sahen merkwürdig aus. Martina mußte an Kristalle denken oder an weit entfernte Sterne, schön und kalt zugleich.

Manchmal, erinnerte sich Martina dann, hatten Inges Augen so ähnlich ausgesehen. Aber nie war der Eindruck so stark gewesen.

Axel sprach langsam, so, als müsse er sich auf jedes Wort erst mühsam besinnen.

»Ich hab' was für deine Schwester, einen wichtigen Brief.«

Axel zog ein kleines Couvert aus seiner Hosentasche. »Es ist ein ganz lieber Gruß an Inge, damit es ihr besser geht.«

»Danke!« freute sich Martina, griff nach dem Umschlag und steckte ihn in die Anoraktasche.

»Verlier's aber nicht«, sagte Axel langsam.

»Mit Sicherheit nicht«, gab Martina zurück.

»Und paß bloß auf, daß eure Alten das nicht mitkriegen! Sag Inge, daß ich gern selber zu ihr kommen würde, aber das geht nun mal wegen der Alten nicht. Das wird sie wohl kapieren.«

Ja, das kapierte auch Martina.

Papa würde einen Wutanfall kriegen und Mama würde wahrscheinlich durchdrehen, wenn sie wüßten, daß Inge über sie, Martina, mit Axel in Verbindung stand. Eigentlich fand sie das schlimm, denn sie hinterging ihre Eltern nur ungern. Aber sie sah keine andere Möglichkeit. Sie hatte seit der Begegnung im Krankenhaus oft an Axel denken müssen, und wenn sie ehrlich sein sollte: sie fand ihn nett. Dieser Eindruck wurde jetzt bestätigt, denn Axel dachte an ihre Schwester und schickte ihr etwas, auch wenn es nur ein kleines Briefchen war und keine Süßigkeiten oder Blumen. Aber die Leute vom Keltenweg hatten eben nicht viel Geld, weil die meisten dort arbeitslos waren. Axel offenbar auch, denn sonst hätte er wohl keine Zeit, am Vormittag am Supermarkt herumzustehen.

Martina reichte Axel zum Abschied die Hand und lief weiter.

Die finsteren Gedanken, die Doris ihr in den Kopf gesetzt hatte, waren wie weggeblasen. Zum Glück war sie auf dem Heimweg allein gewesen. Ob Axel sie auch angesprochen hätte, wenn Anja bei ihr gewesen wäre? Er hatte irgendwie geheimnisvoll getan. Aber die Freundin lag mit einer Grippe im Bett.

Zu Hause lief Martina gleich nach dem Begrüßungskuß für die Mutter in Inges Zimmer und zog das Briefchen aus der Tasche.

»Rat mal, von wem das ist!« sagte sie strahlend.

Inge, die beim Eintritt der kleinen Schwester eher genervt ausgesehen hatte, bekam schlagartig leuchtende Augen und riß Martina den Umschlag aus der Hand, wollte ihn schon öffnen, erinnerte sich dann aber daran, daß sie nicht allein war.

»Verschwinde schon! Raus! Mein Gott, was willst du denn noch?« Inges Stimme klang hart und unduldsam. Erschrokken ging Martina aus dem Zimmer und schloß leise die Tür hinter sich.

Was hat sie bloß, dachte Martina verängstigt. Sie ging hinunter in die Küche und begann stumm, das Geschirr abzutrocknen, das die Mutter gerade spülte.

Etwa eine halbe Stunde später rief Inge von oben nach ihrer Schwester. Mit leicht klopfendem Herzen stieg Martina die Stufen wieder hinauf und ging dann in Inges Zimmer, dessen Tür bereits offen stand.

»Mach die Tür bitte zu«, sagte Inge freundlich, »und komm her.«

Martina zog die Tür ins Schloß und setzte sich zu ihrer Schwester auf den Bettrand. Inge nahm die Hand der Kleinen und sagte: »Entschuldige bitte, daß ich eben so ausgeflippt bin. Aber weißt du, meine Krankheit, manchmal bin ich nicht richtig im Kopf vor lauter Schmerzen.«

»Macht doch nichts«, flüsterte Martina froh. Es war Jahre her, daß sich ihre Schwester zum letztenmal bei ihr entschuldigt hatte. Deshalb waren Inges Worte eine richtige Wohltat für sie.

»Weißt du«, fuhr Inge fort, »Axel schreibt, daß er dir jeden Tag was für mich mitgibt, aber das soll ein Geheimnis sein. Du mußt gut aufpassen, daß Mama nichts mitkriegt. Ist das klar?«

Martina nickte.

»Wenn Mama oder Papa was mitkriegen, ist alles aus!« sagte Inge noch, dann legte sie sich langsam in die Kissen zurück. Mit großen, ruhigen Augen blickte sie die Schwester an.

Merkwürdig, dachte Martina, jetzt hat sie dieselben Augen wie Axel.

Genau eine Woche lang fing Axel Martina regelmäßig nach der Schule ab und gab ihr ein Briefchen für Inge mit. Für Sonntag hatten sich die beiden zu einer bestimmten Zeit am Supermarkt verabredet.

»Inge soll wissen, daß ich an sie denke«, sagte Axel jedesmal, und Martina freute sich.

Am Montag gab es ein kleines Problem.

Anja war wieder gesund und wollte den Heimweg selbstverständlich gemeinsam mit Martina machen. Martina log, daß sie noch am Bahnhof vorbeimüsse, um nach einem Zug zu fragen, und sie hatte alle Mühe, die Freundin davon abzubringen, den Umweg mitzumachen. Sie glaubte zwar nicht, daß Anja rumerzählen würde, daß Martina sich mit Axel traf, aber man konnte nie wissen. Vielleicht rutschte ihr das mal ganz aus Versehen raus. Besser ist besser, dachte Martina, und Inge hatte ihr jeden Tag aufs neue eingeschärft, daß niemand, aber wirklich niemand, von den Briefchen erfahren dürfte.

Weil Martina also erst zum Bahnhof gelaufen war, kam sie eine Viertelstunde später zu Inge als gewöhnlich.

Sie erschrak, als sie die Schwester sah. Inge zitterte am ganzen Körper. »Bist du verrückt geworden?« zischte sie. »Wo bleibst du denn? Ich dacht' schon, du kommst überhaupt nicht mehr. Ich hab' dir doch gesagt, daß ich Schmerzen hab'.«

»Ich hab' nur ...«, versuchte Martina zu erklären, aber Inge ließ sie gar nicht zu Wort kommen: »Gib das Zeug her, und dann raus!«

Warum sagt sie »das Zeug«, dachte Martina, als sie verunsichert die Treppe hinunterging. Wieso ist ein lieber Gruß »das Zeug«?

»Gehst du bitte gleich einkaufen, Tina?« hörte sie die Stimme der Mutter.

»Ja, sofort«, antwortete Martina und dachte: Irgendwas stimmt nicht mit Inge. Wenn ich nur wüßte, was nicht stimmt. Martina wünschte sich in diesem Augenblick nichts so sehr wie einen Menschen, mit dem sie über dieses Problem offen hätte reden können. Aber niemand war da. Martina fühlte sich allein und hilflos.

11

Am nächsten Tag geschah die Katastrophe.

Axel war nicht am Treffpunkt, und Martina wartete und wartete. Seit gestern wußte sie ja, wie ihre Schwester sich benahm, wenn sie ihr nicht pünktlich Axels Briefchen brachte. Inge würde sie fertigmachen.

Nach dreißig Minuten machte sie sich aber doch auf den Heimweg, denn wenn sie noch später nach Hause kam, würde ihre Mutter sich Sorgen machen, und alles wäre noch komplizierter. Auch Anja hatte schon so komisch geguckt, als Martina ihr sagte, sie müßte heute noch einmal am Bahnhof vorbei. Was sollte sie der Freundin morgen sagen und übermorgen und ... Martina mochte gar nicht weiterdenken.

Verdammte Lügerei! Ihr ganzes Leben war inzwischen aus Lügen zusammengesetzt. –

»Inge hat schon dreimal nach dir gerufen«, sagte die Mutter gleich nach der Begrüßung. »Was habt ihr beiden eigentlich so Wichtiges miteinander?«

Martina spürte Mißtrauen in der Stimme der Mutter.

»Nichts«, log sie und merkte dabei genau, daß sie rot wurde. Wenn die Mutter jetzt weiterbohrte, würde ihr so schnell keine Ausrede einfallen. Sie mußte weiterreden, durfte die Mutter nicht zu Wort kommen lassen. Zum Glück fiel ihr ein, daß der Klassenlehrer heute geschimpft hatte, weil irgendein

Schüler ein Buch aus der Schülerbücherei nicht rechtzeitig zurückgebracht hatte. Der Lehrer brauchte das Buch ganz notwendig.

»Inge will ein Buch haben«, begann Martina unsicher. »Ich soll das aus der Schülerbücherei mitbringen. Jeden Tag fragt sie, ob ich's habe. Aber das Buch ist immer noch ausgeliehen. Inzwischen tut Inge, als ob ich schuld daran wäre.«

»Ja«, sagte die Mutter beruhigt, »irgendwie ist Inge manchmal schon sehr merkwürdig. Aber nach der Kur wird endlich alles wieder sein, wie es früher war.«

»Ich geh' mal rauf«, sagte Martina und schlich sich fast in das Zimmer der Schwester.

»Gib her!« Inge streckte Martina grußlos die Hand entgegen. Wieder zitterte sie.

Martina schüttelte ängstlich den Kopf.

»Ich hab' nichts.«

Inge fuhr zusammen, als hätte ein Stromstoß sie getroffen.

»Axel ist nicht gekommen«, erklärte Martina leise. »Ich hab' eine halbe Stunde auf ihn gewartet.«

Martina traute ihren Augen und Ohren nicht.

Inge zitterte nicht mehr wie eben noch, sondern zuckte, als sei sie an einen Stromkreis angeschlossen. Ihre Zähne schlugen klappernd aufeinander, und der Schweiß lief ihr gleichzeitig in Strömen über das Gesicht. Ihre Hände ballte sie zu Fäusten und drückte sie in die Magengrube.

»Dr. Wagner«, stammelte Martina entsetzt. »Ich sag' Mama Bescheid, daß sie Dr. Wagner anruft.«

Zunächst schien Inge noch mehr zu erschrecken, aber dann griff sie nach der Hand der Schwester, hielt sie fest und wurde langsam, sehr langsam, etwas ruhiger.

»Das ist kein Problem für den Arzt, Tina«, flüsterte sie.

»Das verstehst du nicht. Deshalb mußt du mir ganz einfach glauben, was ich dir jetzt sage.«

Sie machte eine Pause, und ihr Atem wurde ruhiger. Dann sagte sie stockend. »Ich brauch' keinen Arzt. Ich brauch' Axel! Kapierst du das?«

Martina nickte, obwohl sie gar nichts verstand.

»Du weißt doch, daß ich wahnsinnige Angst um Axel hab'«, fuhr Inge fort. Das Sprechen schien ihr Mühe zu bereiten. »Ich halt' die Ungewißheit nicht aus. Ich dreh' durch, wenn ich nicht weiß, daß mit ihm alles klar ist.« Sie richtete sich auf und streichelte zärtlich die Hand der Schwester. »Tinalein, du mußt mir einen ganz großen Gefallen tun.«

Inges Stimme klang bittend, fast flehend.

Martina nickte.

»Du bist der einzige Mensch, zu dem ich wirklich Vertrauen hab', der einzige, der mir jetzt noch helfen kann. Ich wüßt' nicht, was ich tät', wenn ich dich nicht hätt'«, flüsterte Inge und zog den Kopf der kleinen Schwester an ihre Brust. »Du mußt zu Axel nach Hause gehen. Jetzt. Sofort! Kapierst du das?«

Martina fuhr erschrocken hoch.

»Wie soll ich denn das machen? Mama wird mir nie erlauben, zum Keltenweg zu fahren!«

Inge zog Martinas Kopf wieder dicht zu sich heran. »Mama darf um Gottes willen nichts davon wissen, Tinalein. – Sag doch einfach, daß du mit Anja weggehst.«

»Und wenn Mama nun bei Anjas Eltern anruft? Du weißt doch, wie ängstlich sie ist.«

»Dann laß dir etwas anderes einfallen! Aber du mußt zu Axel gehen, sofort!«

Inge schaute der Schwester gerade in die Augen, und Martina sah Angst darin, nichts als Angst.

»Nur dieses eine Mal. Bitte, bitte, Tinalein«, flüsterte Inge. »Wenn du das für mich tust, werde ich dich nie mehr um etwas bitten.«

Inges Tonfall veränderte sich. Ihre Stimme klang kalt, als sie sagte: »Paß gut auf. Sag dem Axel: Wenn er mir heute kein Briefchen mehr schickt, dreh' ich durch. Das ist nicht gut für mich, aber«, Inge hob die Stimme, »das ist auch nicht gut für ihn! Sag ihm das. Bestell ihm das genauso, wie ich es dir gesagt hab'!«

»Du meinst, ich soll ihm sagen, daß du durchdrehst, wenn du nicht weißt, ob er wieder Drogen nimmt«, sagte Martina.

Inge winkte ärgerlich ab.

»Du sollst es genauso zu ihm sagen, wie ich es zu dir sage, sonst rafft der Typ das nicht. Sag ihm: Wenn Inge heute kein Briefchen kriegt, dreht sie durch und garantiert für nichts mehr. Und sag ihm, daß das auch nicht gut für ihn wär'. – Hast du das jetzt endlich kapiert?«

Martina nickte.

»Dann beeil dich!« fuhr Inge die Schwester an. »Ich hab' große Schmerzen!«

Ich halt' das nicht aus, dachte Martina, als sie die Treppe hinunterging. Ich halt' das nicht mehr aus! Inge macht mich fertig mit ihrer blöden Angst um Axel, und die Eltern machen mich fertig, wenn sie rauskriegen, daß ich zum Keltenweg gehe. Der Mutter, die in der Küche herumhantierte, sagte sie, so leichthin sie es vermochte: »Inge spinnt mit ihrem Buch! Sie will unbedingt etwas nachlesen, was mit einer Klassenarbeit zu tun hat. Sie sagt, es sei sehr eilig. Ich glaub', ich guck' mal in der Stadtbücherei nach.«

»Inge will etwas für die Schule tun?« fragte die Mutter erstaunt. »Das ist keine schlechte Idee. – Aber bleib nicht so lange weg, Tina! Du weißt, daß ich mir dann Sorgen mache.«

»Zum Abendessen bin ich auf jeden Fall zurück«, versprach Martina.

In Martinas Familie wurde nur gemeinsam gefrühstückt und dann erst wieder zu Abend gegessen, weil nur zu diesen

Zeiten alle Familienmitglieder zu Hause waren, es sei denn, der Vater befand sich auf einer Reise. Mittags bediente sich jeder, der es wollte, selbst aus dem Kühlschrank.

Martina wollte sich eigentlich noch ein Wurstbrot schmieren, aber im letzten Augenblick ließ sie es. Vor Aufregung hätte sie doch keinen Bissen heruntergebracht.

12

Die Fahrt zum Keltenweg machte Martina vollends nervös, denn der Bus kurvte erst durch sämtliche Straßen und über alle Plätze der Saalheimer Altstadt, bevor er auf die drei Kilometer lange, fast schnurgerade Strecke zu seiner Endstation einbog.

Martina war noch nie im Keltenweg gewesen. Sie war immer nur im Wagen ihrer Eltern daran vorbeigefahren.

Jetzt sah sie die sieben braungelben Hochhäuser zum erstenmal aus der Nähe, und je weiter sie herankam, um so abstoßender wirkten sie auf das Mädchen. Überall blätterte die Farbe ab, und so hoch Menschen mit ihren Händen reichen konnten, waren die Fassaden verschmiert. Viele Fenster waren kaputt und mit Pappe repariert. Auf den schmutziggrauen Wiesen um die Häuser herum tummelten sich Kinder und Hunde.

Sie unterbrachen ihre Spiele und schauten neugierig nach dem fremden Mädchen, das langsam und unsicher an ihnen vorbeiging. Plötzlich fiel Martina mit Schrecken ein, daß sie ja Axels Hausnummer nicht wußte.

»Wo wohnen Bachs?« rief sie einem dunkelhäutigen Jungen zu, der ihr am nächsten war.

Der zuckte nur mit den Schultern, gab Martinas Frage dann aber wenigstens an die anderen Kinder weiter.

Niemand schien Bachs zu kennen.

»Wer soll denn das sein?« fragte ein größerer, dicker Junge.

»Axel Bach«, sagte Martina. »Der muß hier irgendwo wohnen.«

Jetzt wußten die Kinder offenbar Bescheid, denn der dicke Junge sagte sofort: »Mittleres Haus, 5. Stock.«

»Danke«, sagte Martina und ging quer über die Wiese weiter, auf das Haus zu, das der Junge ihr benannt hatte. Zweimal wäre sie fast über leere Bierflaschen gestolpert, die überall herumlagen, und einmal trat sie in einen Haufen Hundekot. Mühsam säuberte sie in dem schmutzigen Gras ihren Schuh und spürte, ohne hinzusehen, daß die Kinder hinter ihr hergrinsten.

Endlich stand sie vor der verbeulten Eingangstür des mittleren Hauses. Martina wunderte sich, daß die Tür aus Metall war. Zudem war sie verschlossen.

Aufgeregt suchte Martina nach der Klingel der Familie Bach. Die meisten der vielen Namen waren völlig unleserlich, viele der lesbaren klangen fremdartig. Endlich entdeckte sie ein Schildchen mit verblaßten und herausgebrochenen Buchstabenteilen. Das konnte Bach heißen, allerdings genausogut Buch oder Bock.

Martina überlegte, ob sie klingeln sollte, aber da öffnete sich die Tür und Axel trat heraus, heute dunkel gekleidet: dunkelblaue Jeans und schwarzer Pullover.

Überrascht starrte er das Mädchen an, und Martina starrte zurück. Axels Augen hatten ihren sonst so ruhigen und glänzenden Ausdruck verloren. Sie flackerten unruhig und glänzten fiebrig.

»Was machst du denn hier?« fragte er erstaunt.

»Inge schickt mich, ihr geht's nicht gut.«

»Verdammt noch mal, das kann ich mir denken!« schrie Axel. »Aber mir geht's auch nicht gut. Das kannst du der Dame bestellen! Und sie soll mich verdammt noch mal nicht so nerven!«

Martina war bei Axels Ausbruch ängstlich zusammengefahren, und einige der Kinder, die auf der Wiese spielten, kamen neugierig näher.

»Haut ab!« schrie Axel sie an, und die Kinder wichen schnell zurück.

In diesem Augenblick wollte Martina nur noch nach Hause, aber eigentlich doch wieder nicht nach Hause, denn dort war Inge und schrie sie an. Und dort war die Mutter, die immer öfter weinte, und der Vater, der schreiend nach seiner Ruhe verlangte. Und hier brüllte Axel rum. Was hatte sie diesen Menschen eigentlich getan, daß sie so zu ihr waren?

Martina verstand überhaupt nichts mehr, aber langsam wurde ihr auch alles egal. Fast gelangweilt spulte sie ihren Auftrag herunter.

»Inge sagt, wenn du ihr keinen Brief schreibst, dreht sie durch, und das wäre auch für dich nicht gut.« – Sie schaute Axel in die flackernden Augen und fügte hinzu: »Inge meinte, daß du das raffen würdest.«

Axel nickte wütend und flüsterte ein Wort, das wie »Erpressung« klang, aber ganz genau hatte es Martina nicht verstanden. Dann sagte er erregt: »Bestell ihr, ich tu' mein Bestes. Ich fahr' jetzt gleich nach Frankfurt.«

»Wieso nach Frankfurt?« fragte Martina erschrocken. »Davor hat Inge doch gerade Angst.«

»Willst du mich verarschen?«

Axel starrte das Mädchen eine Weile ungläubig an. Dann schien ihm ein Licht aufzugehen, und er grinste fast mitleidig. »Dann red lieber nicht von Frankfurt«, sagte er langsam. »Sag ihr einfach, daß ich mir Mühe geb', ihren Wunsch zu erfüllen. Aber sag ihr noch was: Wenn Inge durchdreht, ist das natürlich schlecht für mich. Ich hab' voll kapiert, was sie mir damit sagen will. Aber für sie ist das genauso schlecht. Das soll sie bitte nicht vergessen. – Ich muß den Eilzug kriegen, ihr könnt mich alle mal!«

Axel rannte an Martina vorbei, und als sie sich umdrehte, sah sie, daß er auf einen Bus zulief, der eben stoppte. Axel sprang hinein, die Tür schloß sich, und der Bus fuhr ab.

Langsam ging auch Martina zur Bushaltestelle, mitten über die schmutzige Wiese. Der nächste Bus fuhr in zwanzig Minuten. Aber Martina hatte keine Lust, hier zu warten, denn sie sah, daß eine Gruppe der Kinder, der größere, dicke Junge voran, langsam auf sie zukam.

»Wer bist'n du eigentlich?« rief der Junge schon von weitem, und dann noch: »Wieso kennst'n du den Axel?«

Martina machte, daß sie wegkam, die ersten hundert Meter rannte sie fast. Dann, als sie die Straße nach Saalheim erreicht hatte, fühlte sie sich wieder sicher und ging langsamer weiter.

Es war gut, daß sie ging, fand sie, denn die Zockelei des Busses durch die Altstadt hätte sie nach dem Gespräch mit Axel noch weniger ertragen als auf der Hinfahrt. Sie mußte sich in Ruhe überlegen, wie sie Inge die Wahrheit sagen sollte.

Arme Inge!

Aber wahrscheinlich war es sogar gut, daß jetzt alles herausgekommen war und Axel nicht noch einen weiteren

Brief geschrieben hatte. Martina war sich jetzt ganz sicher, daß sie wußte, was in Axels Briefen stand: »Mein Schatz«, oder so ähnlich. »Mach dir bitte keine Sorgen. Es geht mir gut, und ich nehme keine Drogen. Werde recht bald gesund.« – Wahrscheinlich stand da noch irgendwo: »Ich liebe dich!« – Und gleichzeitig fuhr dieser Lügner nach Frankfurt!

Martina mußte an die lange Doris denken.

Die hatte doch erst vor wenigen Tagen gesagt, daß sie Inge immer noch mochte. Martina würde Doris einfach die Wahrheit sagen: daß Inge lange Zeit versucht hatte, Axel zu helfen, aber daß Axel ihre Schwester nur belügen und betrügen würde. Vielleicht könnte Doris auch besser mit Inge reden als sie, die kleine Schwester. Doris war ja genauso alt wie Inge.

Martina freute sich über ihre Idee.

Gleich an der nächsten Telefonzelle blieb sie stehen, durchsuchte ihre Taschen nach Groschen, warf drei davon ein und wählte die Nummer von Doris, die sie über Jahre hinweg im Kopf behalten hatte, weil sie so einfach war: 22033.

Doris' Mutter meldete sich.

Sie erinnerte sich sofort an Martina. »Doris ist im Moment leider nicht da«, sagte sie, »aber in etwa einer Stunde wird sie sicher zurück sein. Kann ich etwas bestellen?«

»Ja, gern, Frau Welling«, antwortete Martina. »Doris möchte bitte bei uns anrufen und mich verlangen. Sie können ihr ruhig sagen, daß es um Inge geht. Ich möchte gern etwas mit Doris besprechen.«

»Ich sag' Bescheid«, schloß Frau Welling freundlich, und Martina legte erleichtert auf.

Ihr war ein Stein vom Herzen gefallen. Sie würde jetzt nach Hause laufen und erst einmal auf Doris' Anruf warten. Weil aber Inge nicht wissen sollte, daß Martina schon zurück war – denn dann würde sie sofort nach der kleinen Schwester rufen –, würde sie nicht klingeln, sondern durch den Garten in die Wohnung gehen. Die Gartenpforte war nachmittags immer offen. Sie würde sich irgendwo in den Garten setzen und auf das Läuten des Telefons warten, das man dort überall hören konnte. Mama würde sicher nichts dabei finden, daß sie mit Doris telefonierte, denn Martinas Eltern mochten das Mädchen sehr. Sie würde sich mit Doris irgendwo verabreden und alles mit ihr besprechen. Der Mutter konnte sie sagen, daß Doris das Buch hatte, nach dem Inge angeblich suchte.

Martina atmete tief durch. Das sollte dann aber ihre letzte Lüge sein.

13

Leise öffnete Martina die leicht knarrende Gartenpforte, ging langsam den schmalen Gang zwischen der Hausmauer und den Gemüsebeeten entlang, wollte gerade zur Veranda hin um die Ecke biegen, als sie plötzlich die Stimme ihres Vaters hörte.

»Ehrlich gesagt: Ich habe keine Erklärung dafür. Wie aus heiterem Himmel benahm sie sich auf einmal wie eine Irre.«

Wieso war der Vater um diese Zeit zu Hause? Bestimmt war etwas Schlimmes mit Inge passiert.

»Sie wollen die Wahrheit nicht wissen!«

Das war die schnarrende Stimme von Dr. Wagner. Martina stoppte ihren Schritt, als der Arzt weitersprach.

»Die Erklärung ist leider sehr einfach. Ihre Tochter leidet an schweren Entzugserscheinungen.«

»Entzugserscheinungen? Aber wovon denn?« rief Martinas Vater ärgerlich.

»Von Drogen!« gab der Arzt ungehalten zurück.

Martina erschrak.

Was ging hier vor? Sie drückte sich eng an die Hauswand und hörte dem Wortwechsel gebannt und verängstigt zu.

Dr. Wagner sprach ruhiger weiter. »Es wird höchste Zeit, daß Sie sich endlich eingestehen, daß Sie eine drogenabhängige Tochter haben! Ich weiß zwar nicht, wer es zuerst ausgeplaudert hat, aber es ist nun mal kein Geheimnis mehr, daß die Polizei Ihre Tochter mehrfach in der Gesellschaft von Drogensüchtigen aufgegriffen hat. Und dabei hat die Urinuntersuchung einwandfrei ergeben, daß auch Ihre Tochter Heroin im Blut hatte.«

Martinas Körper wurde ganz starr. Sie vermochte kaum mehr zu atmen.

»Ja, leider«, hörte sie ihren Vater sagen. »Aber wenn sie ein paarmal Heroin im Blut hatte, bedeutet das doch wohl noch lange nicht, daß sie drogenabhängig ist. Die jungen Leute müssen ja leider alles probieren. Aber deshalb hat noch lange niemand das Recht, sie als süchtig abzustempeln. Dafür hat sie gar nicht das notwendige Geld.«

»Sie sollten sich vielleicht einmal dafür interessieren, wie Süchtige zu ihrem Stoff kommen!« antwortete Dr. Wagner scharf.

Martina erstarrte noch mehr. Inge hatte sie also von Anfang an belogen. Aber auch ihre Eltern hatten gelogen! Sie fühlte, wie ihr trotz des warmen Nachmittags kalter Schweiß über die Augen lief.

Dr. Wagner sprach in ihre sich überschlagenden Gedanken hinein.

»Wenn jemand während des Unterrichts die Klasse verläßt, weil er es ohne Heroin nicht mehr aushält, und wenn er dann auf der Toilette zusammenbricht, weil er es nicht einmal mehr schafft, die richtige Dosis zu nehmen, ist ein Zustand schwerer Sucht gegeben! Lassen Sie mich bitte ausreden!« sagte er plötzlich laut und hart. Wahrscheinlich hatte Martinas Vater den Arzt unterbrechen wollen. »Ich mache dieses Spiel jedenfalls nicht mehr mit. Kurz nach dem Zusammenbruch Ihrer Tochter im Gymnasium ruft der Direktor im Krankenhaus an und fordert die Ärzte auf, im Interesse der Schule über diesen Vorfall zu schweigen, da es sich mit Sicherheit um eine einmalige Angelegenheit handele. Zum Glück gäbe es am Gymnasium kein Drogenproblem. Und man wolle die Schüler auch nicht neugierig darauf machen, indem man, aufgrund eines Einzelfalles, das Problem herbeirede.«

Dr. Wagner machte eine Pause und sprach dann erregt weiter. »Und dann, im Krankenhaus, nahm Ihre Tochter Heroin, und man mußte sie entlassen. Die Einweisung in eine Psychiatrische Anstalt haben Sie als Erziehungsberechtigter abgelehnt, weil Sie, wie Sie sagten, die Sache nicht aufbauschen wollten!«

Jetzt hörte Martina wieder die Stimme ihres Vaters.

»Wenn Inge hier im Krankenhaus an Drogen kommt, schafft sie das auch in einer Psychiatrie! Was soll sie also dort? Ich finde es jedenfalls skandalös, daß ein, wie Sie es sagen, schwer drogensüchtiger Mensch ausgerechnet im Krankenhaus an noch mehr Drogen kommt!«

»Wir können Ihre Tochter nicht rund um die Uhr bewachen!« gab Dr. Wagner scharf zurück. »Vor allen Dingen können wir nicht jeden Besucher nackt ausziehen. Aber genau das müßten wir, denn eine Heroindosis ist winzig klein und kann praktisch überall versteckt werden. Außerdem ist ein Krankenhaus kein Gefängnis, und selbst dort werden Drogen eingeschmuggelt. Sie müßten das eigentlich verstehen können. Sie haben es ja auch nicht geschafft, Ihrer Tochter hier zu Hause den Drogennachschub abzuschneiden.«

»Das kann aber nicht sein«, hörte Martina jetzt die weinerlich Stimme der Mutter. »Das kann ganz einfach nicht sein. Kein Fremder ist in Inges Nähe gekommen. Und ich habe, seit Inge aus dem Krankenhaus entlassen wurde, das Haus nicht mehr verlassen. Wenn Einkäufe zu machen waren, erledigte das unsere kleine Tochter. Und bevor Inge in ihr Zimmer kam, habe ich alles von oben bis unten durchsucht.«

»Ich bezweifle, daß Sie etwas gefunden hätten«, sagte der Arzt. »Allerdings glaube ich auch nicht, daß Ihre Tochter größere Mengen von dem Zeug ansparen konnte. Wenn Süchtige etwas haben, drücken sie es sich weg und warten nicht, bis der Entzug kommt.«

»Aber woher soll sie das Zeug denn dann gehabt haben?« hörte Martina die verzweifelte Stimme ihrer Mutter.

»Vielleicht hat sie Post bekommen«, sagte der Arzt. »Heroin ist Pulver. In einem Brief fällt es überhaupt nicht auf.«

»Inge hat nicht einen einzigen Brief bekommen«, schluchzte Martinas Mutter.

»Dann holen Sie die Polizei! Die wird es herausfinden.«

Martina hörte die Worte des Arztes nur noch wie aus weiter Ferne. Die Welt um sie herum drehte sich schneller und schneller, und ihr war, als fiele sie in ein tiefes, schwarzes Loch, immer tiefer und tiefer und schneller und schneller. Langsam rutschte sie an der Hauswand hinunter, bis sie auf der Erde saß.

Briefe!

In den Briefen, die Axel ihr gegeben hatte, in diesen Briefen, auf die Inge so verzweifelt wartete, war Heroin gewesen!

Martina hatte ihrer süchtigen Schwester diese gefährliche Droge ins Haus gebracht.

Sie fühlte sich völlig leer. Nur ganz langsam bewegten sich ihre Gedanken im Kopf.

Alle hatten gelogen: Inge, die Mutter, der Vater, Axel, alle! Und weil Martina diesen Lügen geglaubt hatte, war sie mitschuldig geworden an der Sucht ihrer Schwester. Und was wäre, wenn Inge sterben würde?

Doris fiel ihr ein. Alles war ganz genauso, wie Doris es gesagt hatte, aber sie hatte dem Mädchen nicht glauben wollen. Und wenn sie ehrlich war, mußte sie sich eingestehen: Ein seltsames Gefühl hatte sie immer gehabt. Aber wenn Papa und Mama doch sagten, daß Inge niemals Drogen genommen hatte? Sie mußte doch wenigstens ihren Eltern glauben können!

Warum nur hatte man sie so belogen? Martina hätte am liebsten laut losgeheult, aber ihre Kehle war trocken, und ihre Augen brannten.

Zwar hörte Martina das Gespräch der Erwachsenen immer noch, aber sie konnte keinen Zusammenhang mehr in die immer schärfer klingenden Worte des Arztes, das immer lautere Sprechen des Vaters und die verzweifelte Stimme der Mutter bringen. Irgendwie war es ihr auch gleichgültig geworden, was dort besprochen wurde. Es interessierte sie nicht mehr. Er waren ja doch nur Lügen, immer neue, immer schlimmere Lügen! Dann klingelte das Telefon.

Doris! ging es Martina durch den Kopf. Sie hörte, wie einer der Erwachsenen aufstand, durch die Küche in den Flur ging, dort offenbar den Hörer abnahm.

»Hallo.«

Das war die Stimme des Vaters.

»Ach, Sie sind es, Doris. Wie geht es Ihnen denn ? Man hört ja überhaupt nichts mehr von Ihnen. – Bei uns ist soweit alles in Ordnung, zum Glück, ja. – Na, Sie wissen ja sicher um die dumme Geschichte mit Inges Nieren. Ich glaub' nicht, daß ich Sie mit Inge verbinden kann. Wissen Sie, sie schläft, der Arzt war eben bei ihr und hat ihr eine Spritze gegeben. – Ach so, Sie wollen Martina haben. Die ist noch nicht zurück, muß aber jeden Augenblick kommen. Martina will irgendein Buch für Inge auftreiben. – Ja, ich sag's ihr. Auf Wiedersehen, Doris, und grüßen Sie Ihre Eltern.«

Martina hörte, wie der Vater zurück auf die Veranda ging und sich in einen Korbstuhl setzte.

»Was machen wir jetzt?« fragte er, offenbar an den Arzt gewandt.

»Ich weise Ihre Tochter in das Psychiatrische Krankenhaus in Gießen ein. Sofort, als Notfall«, sagte Dr. Wagner ruhig. »Dort wird sie in einer geschlossenen Abteilung entzogen. Ich kann nur hoffen, daß sie sich für eine Therapie entscheidet, sobald sie wieder einen klaren Kopf hat. Inge ist minderjährig. Deshalb müssen Sie als Eltern Ihre Zustimmung geben. Aber das wissen Sie ja bereits.«

»Ich gebe meine Zustimmung«, hörte Martina die Stimme ihres Vaters. »Ich bitte Sie allerdings ganz dringend, über alles strengstes Stillschweigen zu bewahren. – Ja, ich sehe das jetzt ein. Inge scheint wirklich leicht süchtig geworden zu sein. Aber wenn sie ihren Entzug und die Therapie gemacht hat, ist die Sache ja wohl ausgestanden! Inge ist trotz allem ein gescheites Mädchen. Die schafft das schon. Ich sehe da überhaupt kein Problem. Aber wenn in Saalheim behauptet wird, daß meine Tochter süchtig ist, kann das ihr ganzes Leben zerstören und das unsere dazu. Und deshalb denke ich, daß wir jetzt alle zusammenhalten sollten: Sie, Herr Dr. Wagner, die Schule, das Krankenhaus und wir. Inge ist schwer nierenkrank, das reicht als Auskunft. Und das ist ja nicht einmal eine Lüge.«

»Die Nierenkrankheit ist eine Folge der Drogensucht Ihrer Tochter«, antwortete Dr. Wagner. »Sie sollten sich das wenigstens selbst eingestehen!«

»Ja, ja, ja!« rief der Vater verärgert. »Man kann aber auch alles schlimmer machen, als es ist. Ich werde das Leben meiner Tochter jedenfalls nicht zerstören!« Seine Stimme wurde lauter: »Und nicht das Leben meiner Frau und nicht das meiner kleinen Tochter und mein eigenes auch nicht!«

»Auch Lügen können Leben zerstören«, sagte der Arzt ruhig.

Langsam und leise richtete sich Martina auf, schlich aus dem Garten und legte die gut hundert Meter bis zum Altstadtwall im Laufschritt zurück.

Die körperliche Bewegung tat ihr gut. Ihr Kopf wurde langsam klarer, und dann wußte sie auf einmal, daß sie jetzt sofort zu Doris mußte. Inges Freundin würde ihr helfen. Das war Martina ganz klar, obwohl sie nicht hätte sagen können, worin diese Hilfe eigentlich bestehen sollte.

Wobei sollte Doris helfen? Was erwartete Martina? Was sollte das Mädchen für sie tun? Gab es überhaupt noch etwas zu tun? Langsamer und langsamer ging Martina auf dem Wall entlang und blieb schließlich stehen.

Konnte sie überhaupt offen mit Doris reden? Konnte sie denn erzählen, daß sie selbst ihrer Schwester die Drogen ans Krankenbett gebracht hatte? Würde Doris ihr glauben, daß sie nicht gewußt hatte, was in den kleinen Briefchen war? Konnte ein Mensch überhaupt so einfältig, so dumm sein, wie Martina es gewesen war? Ganz Saalheim wußte doch, daß Inge süchtig war! Würde ihr auch nur ein einziger Mensch in dieser Stadt glauben, daß ausgerechnet sie, Inges Schwester, von der ganzen Sache keine Ahnung hatte?

Natürlich hat sie es gewußt! würden die Saalheimer sagen. Und niemand würde mehr etwas mit Martina zu tun haben wollen, denn sie hatte der Schwester die Drogen ins Haus gebracht. Und wieder fielen ihr die Illustriertenberichte ein, die sie vor einiger Zeit gelesen hatte, ohne zu ahnen, warum die Mutter sie sammelte. Da hatte auch gestanden, daß es strafbar ist, anderen Menschen Drogen zu beschaffen. Da waren Leute bestraft worden, die gar nicht wußten, daß sie Drogen im Gepäck hatten. Ihr Vater hatte mal erzählt, wie ein Arbeitskollege große Probleme mit der Polizei bekommen hatte. Er hatte von seinem Urlaub irgendwo im Süden ein Päckchen mitgebracht, das er hier in Deutschland bei irgendeiner Adresse abgeben sollte. Der Kollege hatte das aus Gefälligkeit getan, weil die Leute im Süden arm waren. Sie hätten kein Geld für das teure Porto, sagten sie. Aber in dem Päckchen war Rauschgift! Jetzt war Martina in ganz derselben Lage. Sie hatte etwas getan, was bestraft wird.

Nein, niemand durfte wissen, was Martina getan hatte. Sie mußte lügen, wie all die anderen.

Langsam drehte Martina sich um und ging nach Hause zurück, traurig und leer. Was sollte sie bei Doris? Dieses Mädchen war ein ehrlicher Mensch, und in ihrer Gegenwart würde Martina nur ein schlechtes Gewissen haben. Bei den Eltern war das anders. Die logen selbst. Dort brauchte sich Martina nicht zu schämen.

Merkwürdigerweise fühlte sie sich bei diesem Gedanken erleichtert.

14

Diesmal gab sich Martina keine Mühe, die Gartenpforte leise zu öffnen. Sie trat so kräftig gegen die Tür, daß sie laut gegen den Holzzaun krachte, ging mit festen Schritten den schmalen Weg entlang. Der Kies knirschte unter ihren Schuhen.

Als sie um die Ecke bog, sah sie ihren Vater auf der Veranda sitzen. Er hatte ein Glas Bier und eine halbvolle Flasche vor sich stehen.

»Hey, Papa!«

Martina sprach laut, fast fröhlich und wunderte sich über sich selbst, weil sie so scheinbar selbstverständlich heucheln konnte. »Wieso bist du denn schon hier? Ist was passiert mit Inge?«

»Ach, Tinalein!«

Der Vater stand schnell auf und nahm Martina in den Arm.

»Vielleicht ist es ganz gut, daß du eben nicht hier warst. Dr. Wagner mußte Inge ins Krankenhaus einweisen, nach Gießen. Inge ist vor Schmerzen fast durchgedreht. Mama hat Dr. Wagner angerufen und dann gleich mich. Innerhalb von weniger als einer Stunde war deine Schwester auf dem Weg ins Krankenhaus.«

Martina fiel auf, daß ihr Vater zweimal einfach »Krankenhaus« gesagt hatte. Aber Dr. Wagner hatte von einem psychiatrischen Krankenhaus gesprochen. Dieses Wort hatte sie sich genau gemerkt. Sie hätte zwar nicht sagen können, worin der Unterschied zwischen einem normalen und einem psychiatrischen Krankenhaus bestand, aber sie konnte sich denken, daß es nicht dasselbe war.

Sie schaute den Vater nur an und fragte ganz ruhig:

»Wieso denn auf einmal nach Gießen? Wir haben in Saalheim doch auch ein Krankenhaus.«

»In Gießen kann man Inge besser helfen«, erklärte der Vater. »Außerdem kann sie von dort aus direkt in Kur gehen. Ich weiß nicht genau, wie lange das dauern wird. Dr. Wagner konnte es auch nicht sagen.«

Der Vater ließ Martina los und nahm einen langen Zug aus dem Bierglas. »Aber das ist auch nicht so wichtig! Die Hauptsache ist doch, daß Inge endlich richtig gesund wird, nicht wahr?«

Martina nickte.

Wahrscheinlich, dachte sie, hat Papa sogar recht. Natürlich war ihr aufgefallen, daß ihr Vater »Kur« sagte, während Dr. Wagner von »Therapie« gesprochen hatte. Aber war das nicht wirklich egal? Kam es nicht tatsächlich nur darauf an, daß ihre Schwester gesund wurde? Und ging es irgendeinen Menschen in Saalheim überhaupt etwas an, an welcher Krankheit Inge litt? Die Leute sollten sich gefälligst um ihren eigenen Dreck kümmern!

Martina wunderte sich über ihre Gedanken.

Sie war überrascht, daß die Lügen des Vaters sie jetzt überhaupt nicht mehr störten. Lag das daran, daß sie selbst zur Lügnerin geworden war, weil sie glaubte, lügen zu müssen?

Denn hätte sie auch nur von ihrem Kontakt zu Axel Bach gesprochen, sie wagte sich nicht auszumalen, was dann geschehen wäre. Wahrscheinlich hätte ihre Mutter sie tagsüber im Zimmer eingeschlossen, sie morgens zur Schule begleitet und mittags dort abgeholt. Ihr Leben wäre unerträglich geworden.

Aber der Gedanke an Inge ließ Martina nicht los. Wie mochte es der Schwester in diesem Augenblick gehen?

Martina erinnerte sich an das Zittern und Zucken von Inges schweißgebadetem Körper, und sie sah die vor Angst aufgerissenen Augen der Schwester.

Dieses Bild verließ sie nicht, es verfolgte sie bis in ihre Träume hinein. Sie konnte sich auf nichts mehr konzentrieren und fand nur etwas Ruhe, wenn sie auf dem Wall entlang um die Altstadt lief.

Vier Tage nach Inges Einlieferung in das Gießener Psychiatrische Krankenhaus, es war ein Sonntag, fuhr der Vater sie besuchen. Martina wartete in ihrem Zimmer voller Ungeduld auf seine Rückkehr. Sie wäre gern mitgefahren, aber der Vater hatte gesagt, daß Inge nur jeweils eine Person zu Besuch haben dürfte.

Als er am Abend nach Hause kam, war er schweigsam und reizbar.

»Inge verhält sich leider nicht so, wie man es von einem vernünftigen Menschen erwarten darf«, sagte er nur. »Wenn sie so weitermacht, wird sie nie gesund. Aber bitte, das ist ihre Sache. Wir haben getan, was wir konnten. Wir brauchen uns keine Vorwürfe zu machen. Wer nicht hören will, muß fühlen!«

Als Martina den Vater so reden hörte, hatte sie sofort einen schlimmen Verdacht. Sollte Axel ihrer Schwester Drogen ins Krankenhaus gebracht haben? Aber sie erinnerte sich auch daran, daß Dr. Wagner etwas von einer geschlossenen Abteilung gesagt hatte. Und sie vermutete, daß das hieß, daß niemand ohne die Erlaubnis der Ärzte oder der Schwestern zu Inge konnte. Oder hatte Axel einfach seine Briefe an Inge geschickt?

Eine unheimliche Wut kam in Martina hoch. Am liebsten hätte sie ihrem Vater alles erzählt. Dann hätte man zur Polizei gehen und Axel anzeigen können.

Aber genau das ging nicht. Axel würde bestimmt sagen, daß auch Martina solche Briefchen zu Inge gebracht hatte, und bestimmt würde er lügen und behaupten, Martina hätte genau gewußt, was in den Briefchen war.

Martina grübelte und grübelte.

Als sie am nächsten Morgen aus der Schule kam, war die Mutter nicht zu Hause. Wie immer in solchen Fällen hatte sie den Schlüssel an einen Platz gelegt, wo die anderen Familienmitglieder ihn leicht fanden. Wahrscheinlich ist sie bei Dr. Wagner, dachte Martina, um sich ihre Tabletten verschreiben zu lassen.

Die Gelegenheit war günstig.

Martina wuchtete das dicke Telefonbuch von Saalheim und Umgebung auf den Küchentisch und suchte mit einiger Mühe den Anschluß des Gießener Psychiatrischen Krankenhauses heraus.

Dann zögerte sie eine Weile, aber schließlich nahm sie den Hörer ab und wählte mit zitterndem Finger die ungewohnt lange Nummer.

Martina wartete mit einem Kloß im Hals.

Endlich wurde auf der anderen Seite abgenommen, und jemand sagte etwas in die Muschel, was Martina nicht verstand. Das verwirrte sie.

»Hallo!« sagte die Stimme dann ungeduldig.

»Ja, Verzeihung, ich möchte gern mit dem Psy-, Psy- ...« Das Wort war wie aus ihrem Kopf weggeblasen.

»Hier Psychiatrisches Krankenhaus!« sagte die ungeduldige Stimme jetzt sehr deutlich.

Martina wischte sich mit der Hand den Schweiß vom Gesicht und riß sich zusammen.

Sie nannte langsam ihren Namen und sagte dann: »Kann ich bitte mit dem Arzt reden, der für meine Schwester zuständig ist?«

Am anderen Ende der Leitung war es einen Augenblick lang still, dann wiederholte die Stimme fragend Martinas Familiennamen und fügte hinzu: »Ihre Schwester heißt mit Vornamen Inge?«

Martina nickte mehrmals, aber dann fiel ihr ein, daß die Person am anderen Ende der Leitung sie ja gar nicht sehen konnte.

»Ja«, sagte sie. »Sie heißt Inge.« Es irritierte sie, daß die Stimme »Sie« zu ihr sagte.

»Ihr Vater war doch gestern hier«, sagte die Stimme mürrisch. »Dem haben wir doch alles erzählt! Was wollen Sie denn noch wissen?« Die Stimme machte eine kurze Pause und sagte dann: »Ihr Vater hat gestern schon genug Ärger gemacht. Natürlich war Ihre Schwester in einer geschlossenen Abteilung, aber das ist noch lange kein Gefängnis. Wenn hier jemand abhauen will, schafft er das leicht. Und kein Gericht der Welt kann uns Pfleger dafür verantwortlich machen, und den Arzt schon lange nicht. – Wollen Sie wirklich mit ihm verbunden werden? Er hat viel zu tun.«

»Nein«, sagte Martina leise, »lassen Sie nur. – Danke.« Langsam ließ sie den Hörer auf die Gabel gleiten.

Papa hat also schon wieder gelogen, dachte sie bitter. Es war sinnlos, mit ihm reden zu wollen. Er würde immer lügen. Sie mußte sich selbst Gewißheit verschaffen.

Martina suchte in ihrer Schultasche nach einem Zettel.

»Liebe Mama«, schrieb sie darauf. »Ich mach' einen Spaziergang. Vielleicht geh' ich auch mal bei Doris vorbei.«

15

Martina dachte zwar einen Augenblick lang daran, den Bus zu nehmen, aber dann entschied sie sich dafür, zum Keltenweg zu laufen. Sie war viel zu aufgeregt, um an der Haltestelle 10 Minuten auf den Bus zu warten und dann fast 20 Minuten lang ruhig darin zu sitzen oder gar zu stehen.

Genau eine halbe Stunde später stand sie vor den schmutzigen Hochhäusern des Keltenweges, ging langsam über die graue Wiese auf das mittlere zu. Martina hatte das Gefühl, als sei hier seit ihrem letzten Besuch, vor weniger als einer Woche, die Zeit stehengeblieben. Auf der Wiese spielten dieselben Kinder mit denselben Hunden, in ihrer Mitte derselbe größere, dicke Junge. Alle schienen auch dieselben Kleider anzuhaben, meist schmierige Jogginganzüge.

Genau wie damals starrten sie neugierig auf das fremde Mädchen, das nun schon zum zweitenmal in ihre Welt eindrang. Wieder stand Martina vor den Klingeln mit den unleserlichen Namen, drückte dann aber fest auf den Knopf, neben dem Bach, Buch oder auch Bock stehen konnte. Nach einiger Zeit hörte Martina den automatischen Türöffner schnarren, und sie brauchte all ihre Kraft, um die verbeulte Metalltür aufzuziehen.

Martina trat ins Treppenhaus und stand direkt vor einem Aufzug, dessen Tür geöffnet war. Sie zögerte einen Augenblick, entschied sich dann aber dafür, die Treppe zu benutzen. Der Aufzug war von oben bis unten verschmutzt, und an die Wände der Kabine waren Namen, Sprüche und Figuren geschmiert oder eingeritzt. Außerdem sah Martina, daß im Aufzug die Glühbirne fehlte, und wenn die Türen sich schlossen, würde es völlig dunkel um sie herum sein.

Martina stieg langsam und mit klopfendem Herzen in den 5. Stock hinauf, in jeder Etage vorbei an drei graugestrichenen Türen, an denen oft Papierblätter oder dünne Pappe mit den Namen der Bewohner befestigt waren. Auf den meisten der Schilder standen mehrere Namen.

Martina nahm das alles nur im Vorübergehen wahr.

In der 5. Etage war die mittlere Tür geöffnet. Eine dicke Frau in einem blauen Morgenmantel und einem Handtuch um die Haare stand im Türrahmen. Mit ihrem linken Arm drückte sie einen Säugling an ihre Brust.

»Sind Sie Frau Bach?« fragte Martina. Vor Aufregung vergaß sie zu grüßen.

Die dicke Frau nickte unsicher.

»Ich möchte bitte mit Axel sprechen.«

Jetzt schaute sie das Mädchen mißtrauisch an. »Wieso?«

Irgendwie fand Martina die Frau sympathisch. Sie hätte nicht sagen können, warum, besonders, wenn sie diese schlampig aussehende Dicke mit ihrer gepflegten Mutter verglich. Aber die Frau streichelte den Säugling auf ihrem Arm so liebevoll, daß sich Martina, fast gegen ihren Willen, geborgen fühlte.

Sie nannte leise ihren Namen und fügte hinzu: »Es geht um meine Schwester.«

»Ach du Schreck!« sagte Frau Bach. »Und wie soll ich dir da weiterhelfen? Axel ist doch nicht da!«

»Wann kommt er denn wieder?« fragte Martina. »Ich will doch nur wissen, wo meine Schwester ist.«

»Woher soll ich wissen, wann Axel wiederkommt?« Aus Frau Bachs Stimme klangen Trauer und Verzweiflung. »Meinst du etwa, der würde mir sagen, wann er wiederkommt? Der redet doch nur mit mir, wenn er Geld will. – Vielleicht kommt er heute abend wieder, vielleicht nächste Woche, vielleicht in einem Vierteljahr. Vielleicht spritzt er sich auch irgendwo in einem Bahnhofsklo tot und kommt überhaupt nicht wieder.«

In Frau Bachs Augen schimmerten Tränen, als sie hinzusetzte: »Du weißt ja, was mit ihm los ist.«

Martina konnte nur nicken.

»Wenn du schon da bist, komm doch mal 'n Moment rein«, sagte Frau Bach plötzlich und trat zurück in die Wohnung. Martina folgte ihr zögernd.

Von der Eingangstür kam man direkt in den Wohnraum. Ein Tisch und vier Stühle standen dort, in einer Nische entdeckte Martina drei schäbige Sessel und an der Wand einen Buffetschrank, der mit allem möglichen Krimskrams so vollgestopft war, daß sie fürchtete, er müßte jeden Moment auseinanderbrechen. Auf dem Tisch standen eine Kaffeekanne, eine halbvolle Tasse, aus der Frau Bach offenbar gerade getrunken hatte, und eine Milchflasche für den Säugling.

»Magst du auch einen Kaffee?« fragte Frau Bach. »Was anderes hab' ich leider gerade nicht im Haus. Die Rente zahlen sie mir erst zum Wochenende aus.«

Martina schüttelte den Kopf. »Danke, ich habe keinen Durst.«

Irgendwie schien die Zimmerecke neben dem Fenster nicht in diese ärmliche Wohnung zu passen. Ein Farbfernseher samt Videogerät standen dort und gleich daneben eine große Stereoanlage.

Die ist noch besser als die von Inge, ging es Martina durch den Kopf.

Frau Bach bemerkte Martinas Blick und sagte brummig: »Gehört alles dem Axel. Oder, genauer gesagt, dem Kleinen hier.«

Sie streichelte liebevoll das Köpfchen des Säuglings. »Denn das Geld, von dem das alles bezahlt ist, hat Axel schließlich für seinen Kleinen bekommen, gell.«

»Das ist Axels Kind?« fragte Martina erschrocken.

Frau Bach nickte.

»Ist er denn verheiratet?« stammelte Martina.

Frau Bach schüttelte den Kopf. »Er hat 'ne Freundin. Die wohnt auch hier in der Wohnung. Ist aber nie da. Tröstet sich mit einem von den Nachbarn. Wenn du mich fragst: Recht hat sie! Axel kümmert sich ja auch nicht um sie. Hat er nie getan! – Und für das Kleine«, Frau Bachs Stimme wurde bitter, »ist ja die Oma da. Die macht das schon, ohne jemals auch nur ein Dankeschön zu hören.«

Martina schwieg eine Weile verwirrt. Dann aber erinnerte sie sich an den Zweck ihres Besuches und fragte: »Frau Bach, bitte, was glauben Sie: Ob Axel wohl wissen könnte, wo meine Schwester ist?«

»Kannst davon ausgehen, daß er's weiß«, sagte Frau Bach tonlos. »Aber das nützt dir nichts, weil ja keiner weiß, wo Axel ist. Ich vermute, die beiden sind irgendwo in Frankfurt. Da hat Axel 'ne Menge Kumpels, bei denen er mit deiner Schwester unterkriechen kann.«

Und dann erzählte Frau Bach, was sie wußte.

»Am Sonntag nachmittag war deine Schwester auf einmal hier. Irgendwo war sie weggelaufen. Ich hab' das nicht so genau mitbekommen. Na ja, und dann sind die zwei zusammen weg, offenbar für einige Zeit, denn Axel hat eine Menge Wäsche mitgenommen. Tut mir leid, Kleine, ich hätt' dir gern geholfen. Ich versteh', wie dir zumute ist. Magst deine Schwester sehr, gell?«

Mit ihrer freien Hand tätschelte Frau Bach Martinas Wange. Die Augen des Mädchens füllten sich mit Tränen.

»Seien Sie mal ganz ehrlich, Frau Bach«, sagte Martina und hätte fast angefangen zu weinen, »glauben Sie, daß meine Schwester dem Axel wirklich helfen kann, von den Drogen wegzukommen? Oder zieht er sie vielleicht immer tiefer mit rein?«

Sie schaute der dicken Frau gerade in die Augen. Sie hatte Vertrauen zu Frau Bach gefaßt. Axels Mutter würde sie nicht belügen.

»Wieso hilft deine Schwester meinem Jungen?« fragte Frau Bach erstaunt.

»Inge hat es mir gesagt, und ich glaube ihr!« sagte Martina fest.

Frau Bach lächelte traurig. Dann sagte sie langsam: »Hör mal, Kleine: Du solltest niemals einem Menschen glauben, der Drogen nimmt, gell. Die lügen alle. Laß dir das von einer Frau sagen, die ihre Erfahrungen gemacht hat. Deshalb will ich dir auch gar nicht erst erzählen, was Axel alles über deine Schwester gesagt hat. Das mag genauso erlogen gewesen sein. Ich erzähl' dir nur das, was ich selbst mitbekommen hab', gell.«

Frau Bach goß sich Kaffee nach und nahm einen großen Schluck. Dann zündete sie sich eine Zigarette an und zog den Rauch tief in die Lunge.

»Die Leute hier im Keltenweg saufen alle«, sprach sie langsam weiter. »Mein Mann hat sich totgesoffen, und mich haben sie auch schon einige Male bewußtlos im Krankenhaus abgeliefert, bis obenhin voll mit Alkohol.« Sie schaute Martina gerade an.

»Vielleicht schockiert dich das, aber ich will ganz einfach ehrlich zu dir sein. Natürlich soff auch Axel wie ein Loch, wie man so sagt, und seine fünf Geschwister auch. Aber Axel wollte etwas Besseres sein, gell. Und weil er sehr gut aussieht, hatte er gewisse Chancen.«

Frau Bach sah einen kurzen Augenblick lang fast stolz aus.

»Er ging immer häufiger in die 'Narzisse', du weißt doch, diese Disco in der Altstadt. Unsere Kneipen hier im Keltenweg waren ihm nicht mehr gut genug.«

Martina nickte.

»Dort lernte er ein paar Leute kennen, die harte Drogen nehmen«, erzählte Frau Bach weiter. »Besonders die jungen Frauen hatten es ihm angetan. Auf die wollte er Eindruck machen. Ich mach's mal kurz, Kleine. Axel fing damit an, den Mädchen dadurch zu imponieren, daß er ihnen das Zeug aus Frankfurt holte. Denn dazu waren sie zu feige, gell. Axel hat damals auf diese Weise viel Geld verdient, und damit konnte er natürlich noch mehr Eindruck auf seine neuen Freunde machen. Irgendwann lernte Axel deine Schwester kennen, die so etwas wie eine Traumfrau für ihn war, gell. Wir hier im Keltenweg bedeuteten ihm von da an gar nichts mehr, aber deiner Schwester las er jeden Wunsch von den Augen ab. Er hätte alles für sie getan. Ich glaube, für sie wäre er sogar ein anständiger Mensch geworden! Aber das wollte deine Schwester gar nicht. Inge wollte immer nur Heroin. Und dann wurde Axel eines Tages verhaftet und kam ins Gefängnis. Er hatte sich natürlich auch schon vorher Heroin gedrückt, aber nach seiner Zeit im Gefängnis war er richtig süchtig. Von da an ging es nur noch bergab.«

Frau Bach drückte die Zigarette im Aschenbecher aus und schwieg.

»Ich will deine Schwester nicht schlechter machen, als sie ist, und meinen Axel nicht besser«, setzte sie nach einer Weile noch hinzu. »Ich will nur, daß du begreifst, daß es keine guten und keine schlechten Süchtigen gibt. Süchtige sind alle gleich, und um an ihre Drogen zu kommen, ist ihnen jede

Lüge recht, gell. Sie erzählen dir immer genau das, von dem sie meinen, daß es gut bei dir ankommt. Wahrscheinlich hast du deine Schwester dafür bewundert, daß sie einem armen Jungen aus dem Keltenweg aus seiner Sucht helfen wollte.«

Martina nickte traurig. Dann schielte sie zu Frau Bach hin.

»Sie haben eben gesagt, daß mehrere Leute, die in die 'Narzisse' gehen, Drogen nehmen. Wer...«

Frau Bach unterbrach sie heftig. »Also, Kleine, in diese Richtung läuft nichts!« sagte sie hart. »Namen nenn' ich nicht! Sonst hab' ich wieder die Bullen in der Wohnung. Und was immer ich dann sage oder auch nicht sage: Auf jeden Fall wird Axel da mit reingezogen. Wir wohnen im Keltenweg, und deshalb ist er für die Saalheimer immer der Hauptschuldige. Aber was immer er auch getan hat: Er ist mein Sohn, und ich steh' auf seiner Seite.«

Martina stand langsam auf. »Ich möchte jetzt bitte gehen.«

Jetzt, wo auch das letzte Lügengebäude zusammengebrochen war, fühlte sie sich wie in einer endlosen Wüste. Nirgendwo war Leben, Freude oder Lachen. Alles war ausgedörrt. Langsam machte sie sich auf den Heimweg. Sie bemerkte weder die Hand, die Frau Bach ihr zum Abschied entgegenstreckte, noch die Kinder auf der graubraunen Wiese vor dem Haus, die ihr abermals neugierig nachstarrten. Beim Überqueren der Straße wäre sie zweimal fast angefahren worden.

16

Beim Abendessen erschöpften sich Martinas Kräfte, und sie brach zusammen.

Ihr Vater hatte wieder einmal über Inge geredet, als wäre überhaupt nichts geschehen.

»Sie wird schon gesund werden«, hatte er gesagt. »Schließlich ist sie meine Tochter. Sie ist schön und intelligent, und das ganze Leben liegt vor ihr. Ich mach' mir keine Sorgen, und ihr solltet das auch nicht tun. Ich möchte, daß wir uns zum Wochenende wieder mal einen schönen Tag machen.«

Martinas Finger krallten sich in die Tischdecke, und fast ohnmächtig vor Wut schrie sie den Vater an: »Woher weißt du, ob Inge überhaupt noch lebt?«

Kreidebleich vor Schreck starrten die Eltern ihre Tochter an.

Und dann brach alles aus Martina heraus, was sich in den letzten Monaten angestaut hatte. Schreiend und heulend würgte und schleuderte sie ihren Eltern entgegen, was sie erfahren hatte: angefangen von dem unabsichtlich belauschten Gespräch mit Dr. Wagner, über ihr Telefonat mit der geschlossenen Abteilung in Gießen bis hin zu ihrem heutigen Besuch bei Axels Mutter.

Vor Schreck wie gelähmt hörten die Eltern zu.

»Und ihr habt alles gewußt!« schrie Martina die Eltern

immer wieder an. »Und weil ihr so gelogen habt, hab' ich Inge die Drogen ins Haus gebracht! Ich konnte doch nicht wissen, was in den Briefen war, die mir der Axel für Inge gegeben hat. Ihr habt doch immer gesagt, daß Inge keine Drogen nimmt! Und du«, fast haßerfüllt starrte sie auf ihren Vater, »du wolltest mir das sogar schriftlich geben! Ich konnt' doch nicht wissen, daß Inge süchtig ist! Warum habt ihr denn alle gelogen?«

Martina rutschte von ihrem Stuhl auf den Boden herab und weinte haltlos.

Sie bekam nichts mit von dem Entsetzen der Eltern, die lange Zeit unfähig waren, sich auch nur zu rühren. Stumm starrten sie sich gegenseitig an.

Schließlich hob der Vater seine Tochter vorsichtig vom Boden auf, trug sie ins Nebenzimmer und legte sie dort behutsam auf ein Sofa.

»Hab keine Angst, Tinalein«, flüsterte er. »Reg dich nicht auf. Sei ganz ruhig. Wir kriegen das schon irgendwie hin. Jetzt wird alles gut.«

»Gar nichts wird gut!« schluchzte Martina. »Inge wird sterben!«

»Niemand wird sterben«, flüsterte ihr Vater. »Beruhige dich doch. Von jetzt an werden wir offen über alles reden. Wir haben es doch nur gut gemeint, deine Mama und ich. Wir wollten doch nicht, daß du dir Sorgen machst. Aber das war falsch, das hab' ich eben kapiert. Verzeih uns bitte, Tinalein.«

Langsam wurde Martina ruhiger.

Ihre Eltern wollten sie nicht mehr belügen. Dieses Versprechen des Vaters tat ihr gut. Martina versuchte, ihm zuzulächeln. Es gelang nur sehr mühsam.

»Wir werden jetzt alle zusammenhalten«, sagte der Vater, »deine Mama, du und ich. Wenn einer von uns etwas über Inge erfährt, wird er es ganz ehrlich den anderen sagen. Wir werden uns gegenseitig nicht mehr belügen. Aber die anderen Leute geht es überhaupt nichts an, was mit Inge los ist!«

Martina erschrak.

»Wir werden also doch lügen.«

Der Vater zog seine Tochter dicht an sich. »Was sollen wir denn machen?« fragte er hilflos. »Wir tun es doch für Inge, für deine Schwester. Denn wenn die Wahrheit herauskommt, hat Inge keine Chance mehr. Dann findet sie keine Arbeit, keinen anständigen Mann, überhaupt nichts mehr. Ihr Leben ist kaputt. Verstehst du das denn nicht?«

»Doch«, flüsterte Martina.

»Und mit uns will auch niemand mehr was zu tun haben«, sprach der Vater weiter. »Du weißt doch selbst, daß Anjas Eltern nicht wollen, daß sie deine Freundin ist. Wenn die Wahrheit herauskommt, wirst du überhaupt keine Freundin mehr finden. Willst du das?«

»Nein«, sagte Martina leise.

»Also, Kleines«, die Stimme des Vater war wieder fest geworden. »Für die Leute macht Inge eine längere Kur wegen ihrer Nieren. Dabei bleiben wir vorläufig. Einverstanden?«

Martina nickte.

»Ich weiß nicht, ob ich das durchhalte«, sagte sie dann aber. »Ich kann doch die Menschen nicht belügen, die meine Freunde sind und die uns wirklich helfen wollen.« Martina dachte an Doris. »Aber wie soll uns jemand helfen, wenn der gar nicht weiß, was bei uns los ist?«

Dann fiel Martina das Gespräch mit Frau Bach ein. Axels Mutter hatte doch erzählt, daß ihr Sohn für mehrere Jugendliche harte Drogen besorgt hatte. Martina kannte viele Menschen in dem kleinen Saalheim, aber sie hatte keine Ahnung, welche Jugendlichen das sein konnten. War das deshalb so, weil es in deren Familien ähnlich zuging wie bei ihr zu Hause? Weil die Leute die Wahrheit verschwiegen?

»Ich hab' Angst.«

Sie sprach leise, und ihr kleiner Körper zitterte. Zumindest Doris und Anja würde sie nicht mehr in die Augen schauen können.

»Schlaf erst mal«, sagte ihr Vater ruhig und streichelte ihr übers Haar.

Martina schüttelte den Kopf. »Ich kann nicht schlafen. Mir dreht sich alles.«

»Das versteh' ich gut«, sagte der Vater. »Mama wird dir ausnahmsweise mal eine von ihren Schlaftabletten geben, oder besser eine halbe. Du wirst sehen, die helfen auch gegen die Angst. – Siehst du, dabei fällt mir ein, daß ich meine eigenen Tabletten heute noch gar nicht genommen habe. Ich hol' das Zeug mal.«

Kurze Zeit später kam der Vater mit einem Glas Wasser und den Tabletten zurück. Martina nahm ihm das Glas aus der Hand und spülte eine halbe Tablette hinunter. Der Vater nahm mehrere verschiedenfarbige Pillen ein.

Bisher war das Martina nie aufgefallen. Ihr Vater nahm seit Jahren bei jeder Mahlzeit irgendwelche Medikamente zu sich, und sie wußte, daß auch ihre Mutter Tabletten nahm. Das war für sie so selbstverständlich gewesen, daß sie nie darüber nachgedacht oder gar gefragt hatte, wofür oder wogegen die vielen Tabletten eigentlich genommen wurden. Irgendwie gehörten die Pillen zum Familienleben.

Aber heute abend, als Papa gesagt hatte, daß die Tabletten auch gut gegen die Angst wären, fragte sie: »Habt ihr auch Angst, du und Mama?«

»Was, wieso?« sagte der Vater überrascht und schaute seine Tochter fragend an. Aber dann begriff er. »Ach so, wegen der Tabletten. – Nein, bei uns ist das etwas ganz anderes. Weißt du, ich hab's mit dem Magen und deine Mutter mit der Galle und dazu mit den Nerven. Es ist sicher nicht angenehm, auf Tabletten angewiesen zu sein, aber das Zeug hilft nun mal. Das wirst du gleich merken.«

Aber an diesem Abend merkte Martina nichts mehr. Sie fühlte sich angenehm müde. Alles, was sie eben noch erregt und erschreckt hatte, wurde wunderbar gleichgültig. Es war noch da, war alles noch in ihrem Kopf. Aber es tat nicht mehr weh.

Sie spürte nicht mehr, wie der Vater sie in die Arme nahm und vorsichtig hinauf in ihr Zimmer trug.

17

»Das war's eigentlich«, sagte Martina zu mir. »Sie halten mich wahrscheinlich für ziemlich blöd.«

»Wieso?«

»Na, daß ich bis zum Schluß nicht gerafft hab', daß Inge süchtig ist. Ich meine, wie die doch manchmal aussah und wie sie sich benommen hat und so. Hätte ich's nicht merken müssen?«

»Du hattest keine Ahnung, wie Drogen wirken«, sagte ich. »Viele Menschen wissen nichts darüber. Das war ja genau einer der Gründe, weshalb ich zu euch in die Schule gekommen bin.«

Martina nickte langsam und sagte: »Irgendwie hat's mir gutgetan, daß ich mal alles rauslassen konnte.«

Aber ich spürte – vielleicht war es Berufserfahrung –, daß

Martina noch etwas sagen wollte, etwas sehr Wichtiges. Ich schwieg also und wartete.

Martina malte mit den Fingern auf dem Schreibtisch herum. Schließlich schaute sie mich an und fragte: »Können Sie mir erklären, wieso Inge süchtig geworden ist?«

Ich schüttelte den Kopf.

»Das weiß nur sie selber. Ich hoffe, daß sie bald einen Menschen findet, mit dem sie offen darüber reden kann. Und ich hoffe, daß sie redet, denn der erste Schritt zu ihrer Heilung muß von ihr selbst ausgehen. Wenn sie geheilt werden will, wird sie sich erinnern müssen, wie alles anfing. Ich glaube nämlich nicht, daß sie mit Heroin angefangen hat.«

Martina schaute angestrengt auf ihre Fingernägel, als sie fragte: »Kann man eigentlich auch von Tabletten süchtig werden?«

»Ja«, sagte ich, »mit Tabletten fängt's sehr oft an. Warum fragst du das?«

»Nur so«, sagte das Mädchen tonlos. »Inge hat früher viel Tabletten geschluckt. Ich weiß nicht, gegen was alles. Irgendwie war das ganz normal. Wir hatten ja immer was im Haus. Mir ist das erst aufgefallen, als Sie uns in der Schule erzählt haben, daß Tabletten ziemlich gefährlich sind. Da bin ich richtig erschrocken.«

»Schluckst du auch Tabletten?« fragte ich.

Martina schaute mich immer noch nicht an.

»Manchmal krieg' ich eine Tablette von meiner Mutter«, sagte sie nach einer Weile leise, fast gleichgültig, »aber nur, wenn ich nicht schlafen kann oder wenn manchmal alles in mir hochkommt. Ich hab' oft Angst, daß Inge vielleicht nicht mehr lebt oder daß sie Aids kriegt oder so.«

»Hat Inge sich nicht mehr gemeldet?«

»Ich weiß nicht genau«, sagte Martina unsicher. »Vielleicht hat sie mal angerufen, als ich nicht zu Hause war. Ich glaub', daß mein Vater mir immer noch nicht die Wahrheit sagt, obwohl er's versprochen hat. Ich denk', daß er Inge suchen läßt. Ich hab' mal gelauscht, als er mit der Polizei telefonierte. Da ging's um Inge. Ich hab' aber nicht viel verstanden, weil ich zu weit weg stand. Zu mir hat er nur gesagt, daß er wegen ihr nichts machen kann, weil Inge sowieso bald achtzehn ist, und da hat er ihr nichts mehr zu sagen. Papa will nicht, daß wir über Inge reden, obwohl wir doch alle dauernd an sie denken. Das macht mich fertig.«

»Das kann ich gut verstehen.«

»Ich komm' auch mit den Leuten nicht mehr so richtig klar.«

»Das mußt du mir genauer erklären.«

»Na ja«, stotterte Martina, »ich meine, zum Beispiel mit Anja. Dauernd fragt sie mich, wie es Inge geht und ob wir sie besuchen würden. Und dann sag' ich, daß wir sie manchmal besuchen und daß es ihr eigentlich ganz gut geht. Und dann guckt mich Anja immer so komisch an, und ich denke, daß sie vielleicht alles weiß. Und wenn sie mit anderen Leuten aus unserer Klasse rumsteht und redet, hab' ich immer Angst, daß sie denen jetzt erzählt, was mit Inge los ist. Und dann denke ich wieder, daß ich mir das alles nur einbilde, weil Anja eigentlich immer total nett zu mir ist. Und dann möcht' ich ihr alles erzählen, weil sie doch meine beste Freundin ist und alles verstehen würde. Ich kann ihr auch vertrauen, daß sie nichts weiterquatscht. Aber ich krieg' dann doch wieder Angst, daß für Inge alles aus ist, wenn ich was sag'.«

Martina machte eine Pause und guckte mich hilflos an.

»Oder mit Doris«, fuhr sie dann fort. »Die grüßt mich immer total freundlich. Aber sie fragt überhaupt nicht mehr nach Inge, obwohl das doch ihre Freundin ist. Und ich glaub' auch, daß Doris Inge wirklich mag. Aber wahrscheinlich denkt sie, daß ich sie sowieso belügen würde. Und das ist ja auch so.«

Jetzt malte Martina wieder aufgeregt mit dem Finger auf dem Tisch herum. »Durch die Lügerei bin ich total einsam geworden, auch wenn Leute um mich herum sind«, sagte sie traurig. »Irgendwas ist zwischen uns, irgend 'ne Mauer. Wenn ich 'ne Tablette im Kopf hab', ist mir das alles ziemlich egal. Aber – das ist so: Meine Mutter gibt mir nicht gern Tabletten, und sie hat das auch mal meinem Vater gesagt. Und der meinte, daß eine halbe Tablette mir ganz bestimmt nicht schaden könnte. Meine Mutter hat sich dann nichts mehr zu sagen getraut. Inzwischen gibt sie mir eine ganze Tablette. Eine halbe wirkt bei mir überhaupt nicht mehr. – Manchmal will sie mir aber keine geben, und dann hol' ich sie mir selbst aus unserem Medizinschränkchen.«

»Und deine Eltern merken das nicht?«

Martina schüttelte den Kopf.

»Manche Tabletten nehmen Papa und Mama zusammen. Wenn was fehlt, denkt der Papa, die Mama war's, und sie denkt, daß er das Zeug genommen hätt'.«

»Laß bitte die Finger von den Tabletten!«

Martinas Augen blitzten mich wütend an. »Was soll ich denn machen? Ich halt's doch nicht aus!«

Ich erschrak.

Ich riß mich zusammen und sagte so ruhig, wie ich es vermochte: »Weißt du eigentlich, daß du jetzt genau wie ein Süchtiger redest? Die meinen auch, sie hätten ein Recht auf ihre Drogen, weil sie es sonst nicht aushalten. Du stehst am Anfang eines gefährlichen Weges, Martina! Auch Tabletten sind Drogen!«

Martina starrte auf die Schreibtischplatte.

Nach einer Weile sagte ich: »Du sollst es ja auch gar nicht aushalten.«

Das Mädchen schaute erstaunt zu mir hoch, und ich redete weiter: »Du hast heute einen ersten Schritt auf dem richtigen

Weg gemacht. Du hast ehrlich über dein Problem gesprochen. Jetzt müssen weitere Schritte folgen.«

»Was meinen Sie damit?«

»Ich denke daran, daß ich von deiner Schule eingeladen worden bin, um mit euch über Drogen zu reden. Das war ein Anfang. Ein paar von euren Lehrern wissen, daß in der Schule einiges mit Drogen abgeht, und sie möchten, daß endlich offen darüber geredet wird. Denn nur, wenn wir zugeben, daß wir ein Problem haben, können wir über seine Lösung nachdenken. Und einen ersten kleinen Erfolg haben wir schon gehabt. Du bist hierher zur Drogenberatung gekommen.«

»Und was tun wir jetzt?«

»Jetzt bist du weiter dran, Martina. Meinst du, daß du deine Mutter oder deinen Vater bewegen könntest, einmal mit dir zusammen hierher zu kommen? Wir könnten dann gemeinsam über alles reden.«

Martina dachte lange nach.

»Meine Mutter vielleicht«, sagte sie dann. »Aber meinen Vater wohl nicht. Kann ich mir jedenfalls nicht vorstellen. Aber wenn er weiß, daß Sie nichts weitersagen – vielleicht. Ich weiß es einfach nicht.«

»Versuch, mit deinen Eltern darüber zu reden.«

Martina lächelte.

»Vielleicht mach' ich das mal, wenn ich gerade eine Tablette geschluckt habe. Dann bin ich irgendwie viel mutiger.«

»Das stimmt nicht, Martina. Du hast es selbst gesagt: Wenn du eine Tablette geschluckt hast, ist dir alles gleichgültig. Dann tut es dir nicht mehr weh. Aber bei uns Menschen ist das so: Wenn uns etwas nicht weh tut, können wir's nicht ändern, weil wir's nicht einmal bemerken. Nur wenn wir unsere Schmerzen nicht mit Drogen betäuben, fragen wir irgendwann einmal nach der Ursache unseres Leidens. Und dann können wir auch etwas dagegen tun.«

Martina schaute mich nachdenklich an. »Klingt eigentlich ganz einfach. – Aber was mach' ich, wenn meine Eltern nicht mit zur Drogenberatung wollen?«

»Dann komm allein«, sagte ich. »Komm, so oft du Lust dazu hast.«

»Ich komm' bestimmt!« sagte Martina fest, und dann hatte sie noch eine Idee. »Vielleicht komm' ich mal zusammen mit Doris. Ich glaub', ich geh' jetzt. Für heute reicht mir's.«

18

Durch das Fenster meines Büros schaute ich dem Mädchen nach, wie es langsam die Straße hinunter auf den Domplatz zuging. Als ich Martina nicht mehr sehen konnte, setzte ich mich an den Schreibtisch und ließ meinen Gedanken freien Lauf.

Wenn Martina nicht wiederkam, konnte ich ihr nicht helfen. Ich war zum Schweigen verpflichtet, wie immer auch ihre Geschichte weitergehen würde. Sie hatte bereits Erfahrungen mit Drogen gemacht, jene guten Erfahrungen, die am Anfang jeder Abhängigkeit stehen. Wenn sie Tabletten schluckte, tat ihr nichts mehr weh. Aber die Wirkung der Tabletten läßt nach, und dann sind die Probleme wieder da. Alles kommt wieder in ihr hoch, wie sie es ausdrückte. Geht sie dann wieder an den Medizinschrank der Eltern? Stiehlt sie bald zwei Tabletten, weil eine ihr nicht mehr hilft? Eines Tages wird ihr jemand stärkere, verbotene Drogen anbieten, vielleicht die eigene Schwester. Hat Martina dann noch die Kraft, nein zu sagen?

Ich kann nur aufschreiben, was Martina mir erzählt hat.

Sehr viele Kinder haben ähnliche Probleme. Mehr als eine halbe Million Kinder unter zwölf Jahren in unserem Land nehmen regelmäßig Schmerz- oder Beruhigungstabletten. Die Erwachsenen machen es ihnen allzuoft vor.

Alle diese Kinder brauchen Menschen statt der Medikamente, Menschen, mit denen sie offen und ohne Angst über ihre Leiden reden können.

Das Ende von Martinas Geschichte ist noch offen. Ich wünsche ihr die Kraft zur Ehrlichkeit und Menschen, denen gegenüber sie ehrlich sein kann, die sie verstehen und die ihr zu helfen versuchen.

Anatol Feid

Keine Angst, Maria

Ein Roman für Kinder aus Lateinamerika

Anatol Feid erzählt die Geschichte einer außergewöhnlichen Widerstandsaktion gegen das chilenische Militärregime, bei der die 10jährige Maria und ihre Freunde aus den Armenvierteln der Hauptstadt Santiago eine wichtige Rolle spielen.
Als Maria eines Tages aus der Stadt nach Hause kommt, ist etwas Schreckliches geschehen: Ihr Bruder Juan ist von Soldaten erschossen worden. Maria ist verzweifelt, daß ihre Eltern und die anderen Erwachsenen nicht gegen diese Tat protestieren wollen. Die Regierung hat ihnen Kleidung, Schuhe und Geld versprochen, wenn sie erklären, daß die Soldaten richtig gehandelt haben. Maria und ihre Freunde wissen nicht, wie sie die Erwachsenen umstimmen sollen, doch da hat Maria eine Idee...
»Keine Angst, Maria« wurde ausgezeichnet mit dem Gustav-Heinemann-Friedenspreis für Kinder- und Jugendbücher 1986 und dem Katholischen Kinderbuchpreis 1987.

ELEFANTEN PRESS
ISBN 3-88520-163-1

Hans-Martin Große-Oetringhaus

Noxolos Geheimnis

Geschichten und Informationen über das Leben schwarzer Kinder in Südafrika

Noxolo lebt in Crossroads, einer Schwarzensiedlung bei Kapstadt in Südafrika. Sie ist zehn Jahre alt und sie hat ein Geheimnis, auf das sie achtgeben muß...
Als sie eines Tages mit ihrer Mutter von einem Arztbesuch heimkehrt, glaubt sie ihren Augen nicht zu trauen: ihre Hütte brennt! Die Witdoekes, die Helfer der Weißen, brennen die ganze Siedlung nieder...
Apartheid, Unterdrückung und Widerstand schildert die Geschichte um Noxolo und ihre Familie. Eine Fülle von Sachinformationen und Fotos und die Dokumentation des Schülerzeitungsprojektes „Molo Songolo" runden das Buch ab. Ein terre des hommes-Buch mit einem Nachwort der GEW.

96 Seiten mit 45 Fotos im stabilen Festeinband.
Ab 10 Jahren.

ELEFANTEN PRESS
ISBN 3-88520-289-1

Hans-Martin Große-Oetringhaus

Jogan haut ab

Ein terre des hommes-Buch über Kinderarbeit und Bürgersteigbewohner in Indien

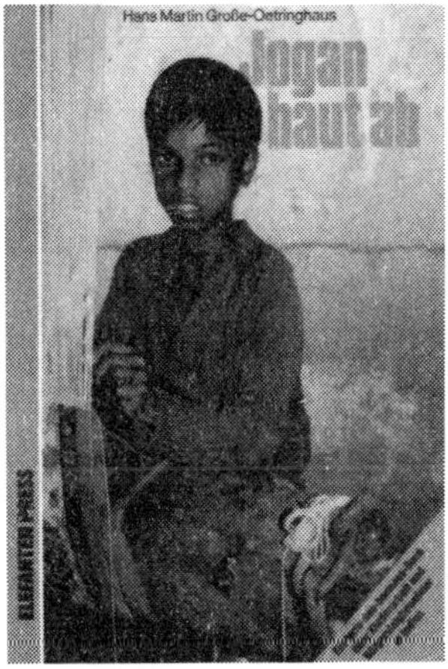

Jogan träumt von einem besseren Leben in der Stadt, fern der Enge und Armut seines Dorfes. Einmal ins Kino gehen, endlich genug zu essen bekommen... Von solchen Sehnsüchten geleitet, lassen sich Jogan und sein Freund Lal zur Arbeit in einer Teppichknüpferei anwerben und reißen aus. Sie müssen oft mehr als zwölf Stunden am Tag arbeiten und bekommen keinen Lohn. Lal und Jogan laufen ein zweites Mal davon. In Bombay werden sie Bürgersteigbewohner: zwei von Tausenden von Kindern ohne Dach über dem Kopf, die auf der Straße ums Überleben kämpfen. Fotos und Hintergrundinformationen und Berichte über Kinderarbeit in Indien runden das Buch ab.

96 Seiten mit 36 Fotos im stabilen Festeinband.
Ab 10 Jahren.

ELEFANTEN PRESS
ISBN 3-88520-325-1